U0012627

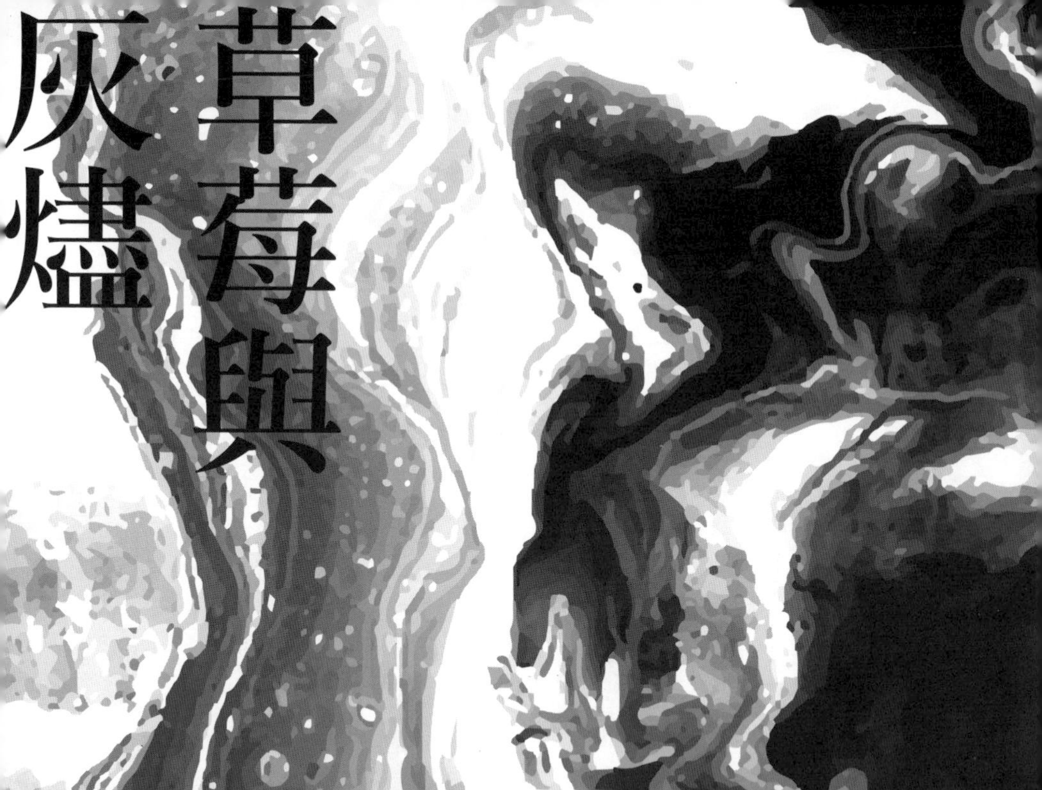

草莓與灰燼

房慧真 著

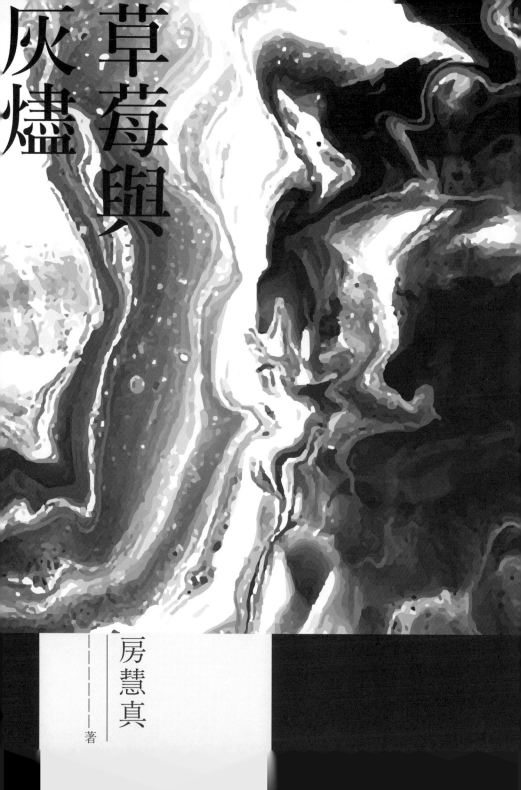

目次

輯二：畸人

輯三：顛簸

輯四：回眸

輯五：盡頭

【推薦序】

致所有裸命者之書

楊佳嫻

約四年時間，大一寫作必修課上我必教〈草莓與灰燼〉。房慧真這篇寫「（納粹屠殺及）其後」的散文，不只是讓我們看到當代最有才華的散文作者的寫作技術，也看到她如何開展歷史與人性的視野，甚至讓我們悚然自省，是否你我也在懵懂中洗去他人如洗去灰，心安理得吞吃甜豔草莓。我把〈草莓與灰燼〉當作情感教育，也當作倫理教育——什麼是惡？什麼是庸常中的惡？骯髒與潔淨、人與非人，界線在哪裡？

距離上一部散文集《河流》已八年。房慧真在這幾年間，以記者身分聞名於讀書人之間。她擅長人物採訪，也深入盤根錯節的社會事件，我們讀到了《像我這樣的一個記者》，也在人權、環保主題的相關書籍中發現她的身影。有一段時間，她總風塵僕僕，沉浸高雄石化業的深度探訪之中，偶然我們碰面，她即說起那個身為高雄人的我並不熟悉的高雄，犧牲體系中怎樣馴化地方與人。

回到散文作者身分，《草莓與灰燼》有台北生活觀察，有旅次上的細觀與瞻望，有書，有電影，有採訪工作迴身後的私人感想，有大災難裡的人。無論是哪一種，都包含著房慧真最關注的核心，那一個個「裸命」，用她的話來說，「剝奪殆盡，柔脆可折」，被系統驅逐，被人性從人性中推落。追索「裸命」的過程，需要知識，需要情感，需要按住那自我保護的、想掉過頭去的本能，也同樣需要想像。也就是約翰．伯格（John Berger）寫過的，從某些攝影師為紅十字會收容所移民與難民拍攝的照片，「我們可以領會一個男人的手指如何成為某塊小耕地的唯一遺痕，他的手掌如何殘存著某處河床，而他的雙眼又如何是一場他無法出席的家庭聚會」（《留住一切親愛的》）。這樣的想像力揭示了一種可能——這柔脆可折之人，他（們）原先也和某些人、某個地點與空間、某種生活樣態和從中滋長出來的平靜快樂是縫合在一起的，他被剝除的，如你我這樣看似只是經過、只是書上或照片上看到的「無關之人」，最重要是通過想像將彼此聯繫在一起，那想像不是硬作解人，不是濫情，而是一個普通人想像另一個普通人應有的生活。

正因為房慧真寫作基礎不是建立在浪漫自我，而建立在對外世界的同情共感，蘇珊・桑塔格（Susan Sontag）提倡的「非自傳想像的勇氣」，遂貫串於全書，也聯繫了她的文學寫作與報導寫作。

兜轉於台北城內，她在散文中細數居家附近的小吃攤和攤主的臉孔身形，帶著小貓歹命同活的遊民，收撮紙箱空瓶轉賣零錢度日的老婦，收容鰥寡孤獨的地方廉價公寓中流轉眾生相，觀察到流浪漢特別珍惜塑膠袋，隨手可拾的永恆「不會分解、腐蝕、消亡，不像生命、感情、光陰」。這看上去像是寫作者自以為是的想像，但我以為並不超譯，人與物怎樣接連，映照哪種盼望與失落，怎樣從細節中考現宇宙，自為寫作者本分。如果踏上旅途，不管是為了工作還是為了蘇散身心，眼光都還是不由自主地注意到那些烈陽炙烤著、等待一點點機會拚命要抓住的乞討者、小販，那些遠離大城市難與國際接軌的偏僻鄉鎮道路上的緩慢車行，顛簸裡嘔吐，和紛繁花色氣味挨擠著，挨擠著，車窗外跑著的動物，枯長著的樹，這世界既空曠又黏稠。

書裡也寫到自家身世。特別多次寫及印尼來的父親，熱帶長大，卻得在潮濕陰鬱的小島盆城中拚搏，視英文為絕佳掩護，也期待女兒拋棄中文，學他以英文贏得尊敬。然而，膚色或口音，還是洩漏了父親的底色嗎？在中文閱讀與寫作中托身的女兒，從閱讀與印尼相對親近的馬華文學去揣想父親硬殼底下的軟泥質。這部分房慧真寫出了一份近乎疼痛的袒露。

同時，曾在媒體工作，也從媒體中獲取資訊，她對於線上社會如何以語言文字踐踏圍攻有所警惕。正因為寫作者是善用文字之人，更需要時時掂量著不要以此傷人。在速來速往、大大小小系統包裹日常的今日，怎樣不成為傀儡？怎樣不以做傀儡而高興？房慧真繞遠路從納粹歷史中尋找映照，試圖理解嘈雜背後的運作，這符合她的志趣，她不是陷溺於當下的人。

我還想談談此書中屢見的意象或典故，「果陀」。其實「果陀」在原作《等待果陀》中是一個空幻之物，等待沒有結果，果陀根本沒有來。針對此劇，產生了各式各樣解釋、延伸、改作，果陀或許象徵著上帝、死亡、希望，甚至可能意旨社會本身，或暗示著局外人的命運。而在《草莓與灰燼》，〈底層的珍珠〉大雨中等待紙箱不來的婦人，〈你需要粗工嗎？〉那噴漆牆上的電話號碼，〈阿萊莎〉那正瞻望著來客、無法言語的小說家，〈等待果陀〉新德里蹲踞市集裡等待烙餅鋪施捨的乞者，〈煙花〉老少女們逐月沃養著卵子的子宮，全都在等待著果陀。由於這個意象遍布不同的主題裡，也許正是一則恆長的寓言，人世處境之本質。荒漠未必有甘泉。就拿那些等待著烙餅的人們來說吧，文中雖然寫「那餅在深褐色的手裡感覺特別白，男人的臉黯淡著，手中捧著的餅像月盤，會發光似地，一點微光暫時照亮了前程」，可這微光卻像天上掉落的餅屑，一天一點點，逐日逐餐地蹲踞著仰望，等待果陀竟成了日常。

全書最後一篇是寫車諾比核輻射外洩事件的〈大象腿〉，最惡可能最美，在美當中人們飛散、破損。那犧牲五十萬人的健康而掩埋起來的核廠廢墟並非真的完全靜止，仍在地底下凝聚，穿透，宛如科幻片場景般的琉璃地獄。這災難之所以擴大，追根究柢，卻來自極權底下養成的對公共事務的緘默。《草莓與灰燼》因此也是一部關於聲音與憤怒的書，要求我們去正面與被層層掩蓋的裸命者們的眼睛相視。

楊佳嫻，詩人、作家、國立清華大學中文系副教授。

輯一

浮世

此曾在

咖啡館的前世在充滿文藝氣息的商圈，搬離後，借屍還魂於尋常民宅一樓。不起眼的木招牌嵌入壁中，過午才開張，低調營生，送往迎來的都是前世的熟客。熟客，文青也，懶起梳洗遲，午後趿著夾腳拖姍姍趦來，眼袋醞滿前夜的咖啡因，掛上粗框大眼鏡，盯著眼前那顆發亮的蘋果，點一杯濃咖啡，上工了。

文青們不曉得咖啡館真正的前世，但住在樓上三十幾年的我知道。當我下樓，到咖啡館裡點杯熱可可，暖黃燈，迷離樂，木桌椅，找一個隱蔽的位置蜷著發懶，我也幾乎要忘了它的前世，直到我進了廁所，發現還保存著老式的窗玻璃，和我舊家的一式一樣。

我記得，我記得在咖啡店之前，這裡住了一大家子，門口停泊一台攤車，每天推到巷口，天黑再推回來。不見父親，推攤車出去營生的總是母親，一開始簡單賣些飲料，青草茶、冬瓜茶、楊桃汁，炎熱的夏天裡，攤車上有好幾個凝著水珠，浮著冰塊的大鐵桶，我買了一次，用來舀飲料的塑膠漱口杯積著黃垢，雖然無妨那楊桃汁就是楊桃的味道，但我不曾再光顧。

沒幾年，巷口開了便利商店，楊桃汁封罐膠裝地賣。單賣飲料不行，攤車便架好蒸籠，賣起了豬血糕。沒多久，便利商店賣起關東煮，豬血糕花枝丸在柴魚高湯裡載浮載沉，要啤酒要滷味要什麼有什麼，叮咚一聲，歡迎光臨，母親節蛋糕全面七九折中。

攤車呢？黔驢技窮，什麼都沒有，只是在攤位上擺了一台雪花電視，好殺時間用。每次經過，本土劇的假哭，或者綜藝節目的罐頭笑聲，映照著攤車媽媽的面無表情。每天早上九點推出來，晚上十點推回去，風雨無阻，夠勤勞了嗎？可是，可是，不遠處二十四小時響起的叮咚聲，歡迎光臨，母親節蛋糕全面七九折中。

陪著顧攤的，還有一隻精實的土狗，毛色純黑，戴著項圈。多年來不見其他花色，不曉得這家人為什麼總養黑狗，像個盡忠職守的護衛，在家門口，有生人探頭便歇斯底里地吠。攤車推出去，牠也跟著出去放風，見見世面，攤子冷著，主人看電視耗著，牠便好端端趴著，天熱吐著舌頭，天冷就蜷著睡覺。

三十年後，滄海桑田，那攤車婦人該老了吧，狗該死了吧。

三十年後，擺攤車的門前空地，露天擺了幾張桌椅，成了文青的吸菸區。以前望進去的窄仄、黯淡，擠滿一大家子細細碎碎的生活細節，夜裡熬煮冬瓜糖塊的焦黏氣味，置換為一塊乾淨明亮的地方，喝黑咖啡像吃飯一樣，但文青總也不黑，青瓷地白，骨感地瘦，文青怕胖怕油煙，店內只提供輕食。每逢村上春樹新書上市，就成了文青人手一本的教科書。

三十年後，文青咖啡館開張，然而在巷口，那攤車還在。婦人永遠是個中年婦人的樣子，黑狗總也不老。婦人是婦人的女兒，長大了接手母親的攤車，還習慣性地養著黑狗。房子賣了，一大家子如蒲公英般地散了，三十年後的婦人，推著攤車，往巷子更深處的矮房子去，她在那裡與一個外省老兵同居，老兵有時來幫她顧攤，還賣豬血糕，還賣冬瓜茶，能賣一天算一天，此曾在。

聊齋

公車總站長滿了草。

每天坐捷運，再轉公車，橫切過大半個盆地，來到這長滿野草的城市邊陲。草長在荒地上，說是荒地也不盡然，這附近蓋了許多樓，不是公寓樓房，都是些玻璃帷幕大樓。樓裡多是科技或媒體公司，需要按時裝填許多新鮮耐操的肝。吃飯時間，肝的主人吊著狗牌通行證，去附近零星幾家小吃店外帶，滾湯熱麵等不及涼，束好一袋袋沉甸甸如樹頭死貓，急急奔回以鍵盤配菜，稀哩呼嚕地食不知味地吃完。又或者，鐵皮屋裡的違章小店也無存在必要，這裡更多的是便利商店，下午三點，晚上十點，半夜三點，早上十點，任何一個畸零縫隙時間，皆可補給微波便當。

玻璃樓供應燈光、空調、水，維持明亮恆溫。茶水間一三五有水果，二四給點心，還有一台義式咖啡機幫忙省下每日鴉片錢，沒什麼好抱怨。廁所的擦手紙總填得飽滿，予人用之不竭的富足感，於是又順手抽了第二張、第三張。盥洗台不常是濕淋淋地，打掃阿姨時不時來擦乾水漬，補擦手紙，清空垃圾桶，噴上空氣清淨劑，保證一切無臭無味，乾淨順暢，順暢得和工作上的困頓枝節成為巨大對比。

打掃阿姨綁著護腰，每天她要彎下腰清一層樓近百個垃圾桶。近百個小垃圾桶隸屬於每隻工蟻，往座位邊隨手一丟，保證可以省下走去丟垃圾的時間，聚沙成塔，效率就是一切。

保證永不卡紙、運作無礙的影印機，傳真機，印表機，掃描機……辦公室提供你無限便利的同時，也摧折你。摧折你的同時，還讓你把抱怨的話全部吞回去，無法借題發揮指桑罵槐廁所地板上怎麼都是水擦手紙怎麼沒了影印機怎麼一直卡紙……喊不出一點聲音，不論男女看起來皆一肚心事，大腹便便。只能淡淡漠漠去露台呼菸，遇著菸友，每人頭上都一朵烏雲，每個菩薩都低眉，避免四眼相對金剛怒目。

頂樓有健身房，結實的身體將提升工作效率，甩肉淋漓出一身汗，還有淋浴沖澡間，讓你以最短時間穿回人皮，乾乾淨淨恢復成一個白領。澡雪精神後，再度回到屬於你的小方格衝刺，一個蘿蔔一個坑，辦公室格子趣。構築格子的隔板間，還允許擺上可以提振士氣的私人小物件。已婚貼小孩照片，無生養貼狗兒子貓女兒照片，單身貼巴黎伊斯坦堡斯德哥爾摩的遠遊照片，真正的生活總在他方。這些都是人質，是你之所以存在這裡的唯一理由，是你之所以願意像一塊過度洗滌，急速消亡的肥皂，人質掛在眼前三五月或三五年，等你籌夠贖金，其實總籌不夠，那可能要抵押上一輩子。

辦公室裡，他者皆幽靈，你穿過他們透明的身體，他們也穿過你如無物。不知其來歷出處，只知道出了樓就是荒野，上下班計程車一載就走，誰和空的街廓都培養不起任何感情：半人高的芒草，報廢的遊覽車，大片圍起的空地，還未出售的空洞大樓。夜暗外面就黑透了，像部聊齋，草叢裡窸窣蠢動的不知是野狗還是什麼，但玻璃樓裡燈火仍誇富豪似地徹夜通明。夜如水鬼暗湧而上，那輝煌便顯得妖異不祥，像一間鬧鬼已久的酒店，總有不知情者，前仆後繼地不斷來投宿。

手藝人

家庭美容院開在低矮的木房子裡，店鋪不大，水泥地，木板隔間，只擺了兩張椅子，兩張梳妝鏡，一個沖洗用的躺椅。美容院沒有其他幫手，只有婦人一人包辦所有粗工細活。一開始生意好到採預約制，來的都是熟客，婦人從前在大型連鎖店當設計師，嘴甜心熱手藝好，即使退下來自己開業，仍時常有客人不遠千里轉好幾趟車來，不在意小店陽春簡陋，只為一個好手藝人。

這一帶街區多是木造平房，再過去就是高樓大廈，明顯低人一等。不必妄自菲薄，數十年前這裡也曾盛極一時，街頭兩間戲院，一間播黃梅調，一間播西洋片，中西各有所愛，散戲後的洶湧人潮或往前街夜市吃盤現切水果，或往後街，彼時上戲院是件時髦事，於是量身訂做一件西服、訂製一雙皮鞋，也就順理成章。後來鬧區西移，戲院關了，夜市冷了，後街的西服、皮鞋店一間間收，時光篩落，剩下來的一兩間蒙塵黯淡，新開的家庭美容院和它們挨在一塊，有種黃昏末路之感。

殷勤招呼的婦人總笑著，但她有一張刀刻般的苦臉，再怎麼強顏歡笑，也像是噉著酸楚。婦人的丈夫是木工，在自家美容院前空地做簡單的三層櫃，來美容院的客人，穿著高跟鞋仔細跨過那些木料刀鋸，見了男人便避過眼神，不大敢寒暄，因為男人的臉上總醞釀著低氣壓，閃著警示燈：生人勿近，盡早走避。

美容院是典型的前鋪後居，廚房洗浴在後，上面有個小閣樓充當臥房，客廳便是工作間。吹風機的轟隆聲中，讀小六的女兒在旁做功課，好讓正忙著幹活的婦人就近看管，時不時隨口罵一句「快寫功課」，再轉頭過去和客人繼續討論鄉土芭樂劇情，牆上的電視開著，電視裡的女人一哭二鬧三上吊，吸引了女孩，被婦人眼角瞄到，又厲聲傳來一句「快寫功課」，再轉頭過去和客人抱怨女兒不專心，成績差，不好好讀書的話，以後就要走手藝人的苦路。

美髮與木工，手藝人各憑本事，門內的熟客絡繹不絕，門外木工卻門可羅雀，和那訂做西服、皮鞋的一樣陷入了不合時宜的窘境，有宜家宜室的現貨可買，誰還訂做櫃子呢？於是木料散了一地，人不知去向，偶爾男人回來，臉更沉更鬱。掃到颱風尾的是邊看電視邊做功課的女孩，男人咆哮一陣後再刷兩個耳光，也生著一副苦臉的女孩倔著不哭，男人更生氣了，再追加兩個耳光。婦人心裡疼，但知道不宜幫腔，那會是火上加油，男人將會藉故發揮得更嚴重，母親僅僅是下次教訓女兒時附加一句，「快寫功課，要不然等妳老北回來妳就知死。」

藉故發揮的次數一多，臉皮薄的客人便覺得那耳光也像是刷在自己臉上，漸漸少來了。屋漏偏逢連夜雨，接著婦人的婆婆中風，男人是獨子，只得接來同住。兩張椅子一張做生意，一張被婆婆胖大如海獅的身軀長期占據，請了印傭餵飯拍痰，老殘衰敗的氣味連髮麗香噴霧都蓋不過，便接近家庭美容院壽終正寢的時刻。

木料依然堆滿前庭而男人不知去向。婆婆每下愈況住進醫院，婦人蠟燭兩頭燒，美容院前常掛張牌子「有事外出」。也生著一張苦臉的女兒，聽說國中畢業後選讀職校，繼承衣缽，也學美髮手藝去了。

暴政

日前發生的新聞像一則鄉野奇譚，獨居老人曬衣服時不慎跌倒，動彈不得，在烈日下曝曬，脫水衰竭而死。也有另一種極端的死法，被關進零下的冷凍庫裡，門自動反鎖，叫天呼地不靈，凍成冰條。

八百萬種死法，我選冷死，身體失溫時像酒醉的微醺，醺醺然一陣便想睡，睡了就永遠醒不來，在普遍過勞的現世，能徹徹底底的「睡死」，並不是件多壞的事。熱死的過程大概像緩慢的凌遲，像條黃魚在油鍋上慢慢地煎，那煎魚的很有耐心，煎完一面換另一面，反覆地翻了又翻，直到再也榨不出一滴水分，乾了、焦了、灰了。

才七月初始，就覺得這凌遲的熱好像沒有盡頭。每天從家裡往公司通勤，扣掉搭捷運、公車的時間，了不起十幾二十分鐘曝曬在外，還有陽傘寬簷帽護衛，卻覺在外多走一分鐘路就要溶化，恨不得有個任意門，直通二十四小時放送冷氣的玻璃帷幕蜃樓。人一熱就神智昏聵，唯有讓冷空氣醍醐灌頂沖刷腦門，好讀書、思考，設定二十六度恆溫，才得以寫下這篇文字。

鋼骨結構的玻璃樓，常常需要洗窗工。洗窗工在窗外費力刷洗，豆大汗滴簌簌落，好讓玻璃窗內的白領鍵盤敲累了可以看出去，悠然見南山。看出去，鷹架上，挑磚工人正燙腳跳著屠宰場之舞。車陣中，斗笠花袖套阿姨，懇求每一扇貼妥隔熱紙的黑色車窗，能否稍稍搖下來，帶上一串她乾枯萎黃的玉蘭花？交流道旁，近四十度的高溫下，有人戴著動物頭套，裹著一身密不透風的毛皮，甩著長尾，扮成一隻粉紅色的頑皮豹。手裡拿著預售屋的路標指示，再往前五公尺，天國將近，然而地獄中的赤焰煎鍋就在他的腳下，在他一身脫不掉的皮毛裡，鐵漿澆灌的酷熱下，每天認份地扮演一隻頑皮嘻笑的粉紅豹。

玻璃樓裡，夏天冷氣開得特別強，好讓男雇員可以西裝筆挺，一整天下來滴汗不流，早上出門才抹上的古龍水清新依舊。好讓女雇員在套裝外又加上針織薄外套，頻頻抱怨辦公室空調抽乾水分養出眼角小細紋，晚上回家要記得多敷幾片保濕面膜，多喝幾瓶膠原蛋白。到底有沒有流汗的時候？還是有的。下班後換上運動服到另一座玻璃樓，一字排開的跑步機，底下是川流不息的霓虹馬路，要活就要動，要動才有活路，身材管理意味著節制自律，在冷氣房裡狠狠地流汗，沖完澡後欲望城市的凱莉們，擠在鏡子前重新刷上防水睫毛膏補上晚妝，夜的下半場，還來得及去 Lounge bar 還來得及趕上喝一杯的時候。

冷氣口排出的總是熱氣，有人涼快有人煎熬，有人是乾煎黃魚，有人依然如魚得水，不必相濡以沫，最好徹徹底底相忘於江湖。城市裡的夏天如暴政，橫征暴斂，肆虐窮人棲居的鐵皮屋；肆虐沒有屋頂可供遮蔽的居無定所者；肆虐春天才剛出生的野貓野狗，冷氣滴水要罰，容器積水會引起登革熱也要罰，封起池塘，把最後一點涓滴細流的慈悲都拿走，畜牲活不過夏天，整批腎衰竭倒下。城市裡的夏天如幫兇，幫忙躲在裡面吹冷氣的官員，欺負那些良田被鏟家園被毀，北上抗爭在烈日下罰站的迫遷者。冷氣越強，太陽越毒辣，世態越炎涼，隔著玻璃隔著電視螢幕（或許新聞也不報了）旁觀他人的痛苦，誰也不想離開冷氣房，這七月還會繼續熱下去。

給人洗頭

在印度德里，我一個單身女子，手拿地圖，稍有踟躕，在一街角停下張望，便有三五個印度人湧上來。

第一個印度人手裡拿著棕刷，忽地蹲下去，目標是我沾滿塵土的鞋。第二個印度人笑嘻嘻地露出白牙，手執一根細棒子，棒子後端有團球，毛絨絨地，那是根急欲鑽進我頭殼深處的掏耳棒。第三個印度人兩手空空，什麼也沒拿，只是以雙手做出了按摩的手勢，我便下意識地把脖子縮起來，摀住耳朵跳著腳，三十六計走為上策。

逃無可逃，避無可避，在印度總免不了「被服務」。出了機場抬行李，走在街上擦鞋掏耳按摩，進了廁所遞上擦手紙。街上滿是三輪車伕，蝦弓著背，練就一雙公鹿般矯健的腿，遇到上坡，憋氣，蹬腿，豆大汗珠不斷滾落。車上坐著兩個眉點紅心、裹著華貴沙麗的胖大婦人，婦人腿上又各自疊著養出雙下巴的肥仔，二二得四，兩大胖兩小胖塞一輛人力車，槓桿的另一方是瘦竹竿般的人力車伕，富者益富，貧者益貧，胖的溢出油脂，瘦的榨不出汁。

回到台灣，每隔兩三天我也選擇「被服務」一下，我到美容院，給人洗頭。

給人洗頭，很簡單的原因，開始工作以後，過勞是常態，傷筋動骨後只剩下一副軟趴趴的棉花手臂，寫寫字敲敲鍵盤滑滑手機還可以，但一想到要沖濕頭髮，抬手搓揉泡沫，沖掉，上潤絲，洗淨，吹乾……光想就累，榨乾了，再也擠不出一點力氣。

於是每星期花四五百塊，到美容院沖洗台上閉眼躺平，蓋上毯子，調暗燈光，「水溫可以嗎？會不會太冷或太熱？」「這樣的力道可以嗎？會不會太輕或太重？」「現在要先沖水洗第二次囉」「還有哪裡要加強嗎？」「加強之後，後面還會癢嗎？」「現在要沖水上潤絲囉」「潤絲時會順便幫您按摩頭皮喔」「您躺這麼久脖子一定很痠，等下會拿條熱毛巾幫您熱敷喔」。

輕柔甜美、訓練有素的聲音傳來，有時我漫不經心地應著，有時我的疲累到了頂點，一躺平就睡著了。夢外有溫度調得剛好的熱水，有施力的指腹規律地按壓，無傷無礙，竟睡得特別黑甜、深沉，將在外風塵僕僕、奔波闖蕩的焦頭爛額往此一擱，此後四十分鐘吹洗整燙等勞動事，便是他人的事了。

他人是染著粉紅或深紫頭髮的建教生，是燙著玉米鬚的助理小妹，送往迎來，一天站十二個小時以上，僵成一雙麻木無感的鐵腿。彎著腰，用不斷碰水而乾裂疼痛的十指，溫柔地按摩頭皮，耐心地詢問要紅茶還是咖啡？要雜誌還是報紙？如果是雜誌，還問要時尚類還是八卦類的？當期的八卦類雜誌在美容院總是搶得凶，經客人反覆翻閱後滿是皺褶，洗頭小妹幫我搶來，我總是說：「不要這種類型。」哽在喉頭沒說出的潛台詞是：「我就在八卦媒體上班，我需要放鬆，再也不想看這種雜誌。」

小妹送上厚厚一本銅板紙印刷的時尚雜誌，三萬的襯衫、十萬的鞋、二十萬的包，過眼繽紛而不必迷醉，在美容院花兩百塊給人洗頭的，大部分都過不起那種人生。比上不足，但好歹還是躺著、坐著、懶著「被服務」的中產一群。

洗完頭，按摩完肩膀，熱敷好脖子，又是個神清氣爽的人了。所有疲憊的總和，一丁點不剩，都留給玻璃門內的勞動身影。

規馴的身體

在島內移動，如今已經很難感受到一種因路途顛簸而積累的疲倦感。自從有了高鐵，台北往高雄九十分鐘，在堪可忍受的範圍之內，時間的計量方式是：一部電影，兩部電視影集，一本週刊，兩份報紙，一次剛剛好養精蓄銳的補眠。沒有殺時間的顧慮，還坐得住，大部分人便當吃吃，繼而手指在平板上滑滑，再拿起高鐵型錄翻翻，看回程要帶什麼伴手禮，東減西扣，時間所剩無幾，像是坐了一次稍久一點的捷運。

抵達目的地，筋骨尚未顛出乳酸，衣服的皺褶也還未成形。往昔六、七個小時的車程足以將人折騰得灰頭土臉，將骨頭拆散得七零八落。如今人人走出高鐵車廂，神清氣爽地像是透早剛出門，還依稀聞得到古龍水的餘香。再輕盈不過的年代，頃刻已過萬重山，奧德賽式的漫長歸途真的只存在神話裡，鄉愁稀釋淡如水，中秋當日往返，陪家鄉老父吃晚飯，飯桌上不忘滑手機臉書揪人，夜的下半場，趕末班高鐵回來與朋友包廂夜唱。

早上台北，下午高雄，晚上又台北，離任意門的境界不遠。新一代遊子無縫接軌的平滑順暢，漸漸滋養出豌豆公主般的身體感，不能忍受一絲顛簸坑洞，不耐煩不耐吵，不耐不便與等待，明則投訴暗則上網爆料公審。高鐵座位前有行字提醒著：「手機轉震動，通話請輕聲細語。」與輕聲細語悖反的，是小孩的哭鬧聲，是嬸婆在庭埕間習於拉高嗓門的招呼寒暄，是前現代非文明的表徵。靜默成了至高道德，一種肅殺。

搭高鐵，我注意到清潔車廂的人，白色 POLO 衫紮進卡其褲裡，腰間繫條皮帶，底下一雙黑皮鞋。往昔清潔工的深藍色寬鬆工作服顯然已經不合時宜，儘管白色上衣不耐髒，繫上皮帶蹲下去時對腹部易有壓迫感，皮鞋也不若布鞋易於活動。將勞動的身體收束、包緊，顯精神與紀律，少了人性。

沿著車廂收垃圾時，也不再只是大咧咧地拿個大型垃圾袋。無印良品穿著風的收垃圾人，拉著卡其帆布車籃，上有蓋，收了垃圾就馬上闔上。闔上了，吞吃掉了，便渾然不覺那是個垃圾桶。在現代性的大都會裡，日日大宗產出的，便是垃圾。對待垃圾就像這城市對待流浪貓狗、老殘孤獨一樣，最好眼不見為淨，不落地、加蓋密封掩藏。

到站時，外頭已等候六個清潔人員，前後分兩隊列隊排好，每人固定右肩背一個大包包（又是加蓋的），想必所有的工具都藏在裡頭，垃圾不能現形，清潔工具亦不露白，抹布、掃把、清潔液之類的物事，藏得纖毫不露。務必將自身上所有關於「清潔髒污」的聯想剔除殆盡，於是低垂著頭，像某種認命的牲畜，前後左右彼此之間並不交談，靜默直立如樹木，無規矩不成方圓，沒有任何一個人的身體鬆散、歪斜。等手拿哀鳳哀珮的商務人士魚貫走出，兩隊又併成一列，齊向左轉，成一直線往前行，十二節車廂共六個人打理，一人兩列，迅速移動，整齊劃一的白色 POLO 衫紮進卡其褲，黑色綁帶皮鞋，整齊劃一的清潔動作，面無表情地無聲進行。

在另一頭，同樣面無表情的商務人士，正排隊搭手扶梯，整齊劃一地靠右站立，空出左邊讓趕時間的人通行，以至於人龍拉得長長的，始終消化不完。整齊劃一地低頭撥弄手機，靠左站立的人與人之間，也約定俗成地自動空出一格，與前後保持安全距離，盡量避免身體上的接觸。整齊劃一的機器人們，隨著輸送帶一一運送出廠。

簾幕

讀村上春樹《地下鐵事件》的這陣子，每日通勤也搭捷運，新店線從古亭到民權西路的這一段皆深埋地底、不見天日。無風景可看，書也看不了（會頭暈），於是便看人，冬天看台北女子的頭重腳輕，上頭羽絨大衣圍巾毛帽耳罩層層包覆，最底下卻踩著一雙隸屬於亞熱帶的夾腳拖。夏天則反過來，上身削肩露背，但在熱褲底下卻又套上內搭褲或黑絲襪，尤有甚者還加上一雙高統馬靴，頭輕腳重，溫帶與熱帶過度地帶冷熱難辨的混搭 style。

我進入地下，搭上捷運的時間，通常是中午，車廂裡的人很難歸類出一個類型，一種面貌。一個類型，一種面貌，那通常在早上七、八點浮現，車廂裡的人擠雖擠，但卻挨擠得沒有火氣，惺忪認份的臉，鴿灰黯淡的早晨，車廂載滿打卡順民，一批一批運送出去。

現在非朝九晚五的非典型就業越來越多，中午時分也有那上班族模樣的，但行止就顯得從容得多。有學生模樣的，婆媽師奶模樣的，操粵語觀光客模樣的……種類雖多，但不少人眼前都遮了一面簾幕，巴掌大的手機便是一沙一世界，視線阻斷，無法穿透出去。除了視覺，在聽覺上帶耳機的人也不少，築起一道音牆，那是契訶夫「套中人」的現代變種。

直盯著人看是不禮貌的，但我好整以暇地看，不被察覺。

在另一個時空裡，或許，我就會在倒數第三個車廂看到那個刺破沙林罐的傢伙。

一九九五年三月二十號，星期一，東京地下鐵，早上七點到八點之間，千代田線、丸之內線、日比谷線，通勤時間的交通輻輳之地。

不是星期天也不是星期二，星期天是假日無疑，星期二則是春分日，也是假日，在假日與假日之間斷裂的縫隙，考驗對工作的忠誠度，自我一點的人請假連線成賓果，在電車上的人顯然不是，顯然屬於認份順民的中堅團塊。

星期一，一週的第一個工作天，意味著一早在公司可能有會議，可能要跟著口令做收心早操，大多數的受害者皆比平時提早半個小時出門。多數人在五點就需起床，因買不起市區的房子而住在市郊，每天單程花兩個小時通勤，如果是九點打卡的話，那麼大部分的人八點半就會到公司，沒有硬性規定，這是日本職場約定俗成的潛規則，每個人都早到，單單你準時到，就奇怪了。

通勤途中列車停駛，車上廣播傳來：「前方列車發生爆炸事故，本列車暫停行駛。」卻沒引起任何驚慌，有些人坐在車裡沒動，有些人在月台上仍不死心地等下一班列車，念茲在茲的是上班不能遲到，渾然不覺在封閉的地下「爆炸」、「化學物品外洩」的字眼有多可怖。接著，一個人倒了，兩個人倒了，越來越多人倒了，倒在地上口吐白沫，「以為是癲癇，但當時趕著上班，完全沒去想為什麼會有這麼多人同時癲癇發作？」

事情越來越不對勁，地鐵終於開始疏散，「沒有人慌張到用跑的，都是慢慢走出去。」村上訪談的受害者中，只有一個人用跑的，「因為快要嘔吐了，覺得被人看到很丟臉，趕快跑出去吐。」完全沒有爭先恐後的推擠、拉扯，有一個男子因為身體難受，三步併兩步衝上階梯時，不小心撞到一個婦人，男子後來重傷入院時，警察還不時來騷擾，因為婦人舉報說他慌慌張張形跡可疑，懷疑他就是撒沙林毒氣的人。

循序到了地面上後，一邊是癱倒的人們，但另一邊是排在公共電話前的人龍，等著要打電話回公司告知會晚到的人。「儘管覺得那麼多人都倒在路邊，好奇怪呀，但上班不能遲到，無暇他顧，趕緊先到公司要緊。」到了公司，有人做早操有人去拜訪客戶有人還上了半天班才覺得身體不適，入院後病情趨重。

這麼多垂降眼前遮蔽視線的簾幕。

我記得311大地震時，網路上瘋狂轉貼一篇讚許日本人在面對危機時不慌張失態的文章。大難臨頭時的文明有序，究竟是一種可貴的情操，還是人被徹底異化為螺絲釘為工具為機器，已失去了動物性直覺與求生的本能。

酒店一條街

這條街的夜，過了午夜才開始。

晚上八、九點，仍兀自冷清著。十點、十一點，才逐漸有了動靜，商家的鐵門拉上，燈點亮，櫥窗玻璃擦拭乾淨，開始暖場。

接近十二點，附近為數不少的美容院正忙得燙手，酒店小姐上班前來梳髮洗頭，將一頭長髮捲成大波浪。頭髮未成型，臉上已是完整精緻的妝，戴上瞳孔放大片，沿著眼緣描上粗黑眼線，接上假睫毛，那麼，便不像自己了。頭頂，一個小妹上髮捲。身旁，第二個小妹黏貼水鑽指甲。底下，脫掉高跟鞋，一雙白嫩的腳泡在溫水裡，第三個小妹據著矮凳，按摩、去腳皮、上指甲油。一個人有三人伺候著，無妨，酒店小姐小費給得大方，她深知伺候人的不易。走出美容院，渾身美麗盔甲具足，她上樓，進包廂，甜言假笑，一個人也有三人伺候著，她是那三分之一。

過了十二點，酒店一條街，周邊依附的種種營生，正熱絡起來。街邊不起眼的小雜貨店，賣的不是鹽巴醬油，清一色是洋酒。鞋鋪裡的高跟鞋尖錐鞋跟，彷彿凶器。服飾店裡，一律是爆乳露背的桃紅豔紫小禮服，這是下海的制服，如果在光天化日下端詳，其實做工粗糙，但在此處，則俗豔地恰如其分。街邊攤檔賣的是令人臉紅心跳的丁字褲，薄紗內衣，以大拍賣的方式堆疊成小山，彷彿轉換場景，天光大亮，真會有婆婆媽媽，拉著菜籃車，來這裡三件一百地大剌剌地挑挑揀揀。

欲望無所遮掩，情色在這裡遍地開花，成了家常。拐進小巷，凌晨三點，還點燈營生的小吃攤，來一碗麻油腰子，清炒雞睪丸，以形補形，活跳蝦透參茸酒，活跳跳一尾活龍，壯壯雄風。滷味攤也不少，以花椒八角入味的滷牛肉，粗豪地切成厚片，常有白衣黑褲的酒店少爺來買回去，給客人下酒。

樓上夜夜笙歌，負責泊車的小弟，剛入行，還上不了樓，只能在樓下吹冷風。耐得住無聊，挨得過寂寞，像蹲馬步練功，練出耳聰目明，眼觀八方，需認出火山孝子、多金常客，也需識得便衣員警。閒來無事，便弄來一個炭爐，架上鐵網，邊取暖邊烤香腸、魷魚，也學那香腸攤拿碗公玩十八啦，骰子在瓷碗裡叮叮咚咚響，聲音甚是清脆好聽。

幾條大狗聞著香腸味來了，泊車小弟丟幾條吃不完的香腸，狗便待住了，不走。顯然是被人丟棄的長毛品種狗，久無梳理，髒成癩痢，搔抓時路人都躲得遠遠地，彷彿會有跳蚤跳出來。流浪到此處，遇到的也是喪家之犬，酒店小弟家在雲林，老北老母守著貧瘠薄田。少年仔十八歲不到便出門遠行，不合身的西裝下猶有一張稚嫩的臉。不能總餵香腸，弄來了清水狗糧，待住的癩痢狗也幫忙看門，耳聰目明，眼觀八方。

街邊還有算命攤，桌上蓋紅布，擺香爐、八卦、銅錢，點白蠟燭。神婆守幽冥冷壇，等待神色悽楚的神女上門。感情不順的、被恩客始亂終棄的、養小白臉的，浮花浪蕊一朵朵，花自飄零水自流。燭火搖曳不定，影影綽綽，一晚上，蠟油如淚崩，自暴自棄地淌了一桌。

一夜盡了。午後近傍晚，酒店小姐才遲遲晏起，殘妝褪盡，頭髮塌直，眼皮底下蓄著長久熬夜的烏青，素顏憔悴著，別有一番清麗。一天的開始，肩背ＬＶ包，腳踩Gucci夾腳拖，下樓吃一碗陽春麵。麵起鍋，煮麵的水煙氣蒸騰撲面，霎時沖淡了昨夜的脂粉味。

深夜魚湯

深夜，菜市場底，一家賣鮮魚湯的攤子還開著。

遠遠就看到吊掛著一個塑膠水桶，上頭以紅漆寫著鮮魚湯、滷肉飯、燙青菜。半透明塑膠桶內裝著黃燈泡，朦朦朧朧地亮著，上頭的紅字有大楷有小楷，字體娟秀，排列有序。就像檳榔攤都要賣結冰的礦泉水，不知是怎麼開始的約定俗成，時不時在路邊的無名麵攤，會看到這樣倒掛的水桶，上頭簡簡單單寫著一個「麵」字，不費心取店名，花俏的招牌也沒有，只是老老實實、水清無魚地攬客。低調的無名攤，通常是夜攤，夜裡風大，水桶本身帶重量，疾風吹過也僅是微微地搖晃，擺盪一陣，又穩穩停下來。塑膠燈籠，微弱火光，始終抵禦著街角的黑暗，不曾飄走。

鮮魚湯的塑膠燈籠，深夜還亮著，在傳統市場的深處。白天這一攤賣雞肉，各式各樣切好的：甘蔗雞、白切雞、脆皮雞、鹹水雞。菜市場的生態秩序，像李維史陀的書名：《生食與熟食》，生食攤檔，雞鴨魚肉蔬果在前，熟食攤檔在後，讓沒空燉肉熬湯的主婦，切盤雞肉回去充場面。午後，大部分的食物攤檔收得差不多，將腐爛的菜葉、刮除的魚鱗、砧板上的碎肉一掃而盡，第二春開張，再接再厲，原本的肉鋪賣起衣服，魚鋪賣鍋碗瓢盆，菜鋪賣五金用品，奇異的拼貼，沒個邏輯。

好吃雞肉收攤後，擺上幾個椅凳，掛好塑膠燈籠，便是深夜鮮魚湯上場。經營鮮魚湯的是一對母子，兒子總是頭低低，戴一頂鴨舌帽，冬天裡仍是一件短袖T恤，雙臂都是刺青，會讓人錯覺穿了長袖。兒子長得像張作驥電影裡面容憂鬱的黑幫兄弟，話不多，一雙漂亮的眼睛藏在帽沿底下，低頭專心煮魚湯。

魚湯煮出口碑，深夜陋巷裡總有人尋來，「老闆，今天是什麼魚？」這才抬起頭來，話仍簡省，「海鱸魚」、「虱目魚」、「旗魚的肚子」……天天不同，總之都新鮮。歲數不大的母親，大概是年輕時就生下兒子，兩人看起來像姊弟，兒子煮魚湯，母親端菜收拾碗筷，有時用欣慰的眼光看著兒子。背後的故事或許是，淡出江湖、金盆洗手的兒子，在母親的期盼下，委身在夜裡的菜市場，做點小營生過活。

夜裡的市場，黑黝黝的暗處，貓群出沒，凌晨三點提早送來的豬肉，冷不防被咬去一口。也有浪人躲進來避寒，曲身裹著單薄的毛毯，明早吆喝叫賣的攤檔，今夜暫時安靜的床位。夜裡仍有飄散不去的雞毛生肉味，泥地濕滑，鮮魚湯母子都換上雨鞋。為了一碗熱湯，不嫌髒的客人，挨著攤邊坐下，小口小口啜著。攤上有餐桌上擋蚊蠅的綠紗網，底下是一盤盤現切雞肉，承接原攤資源，於是便有喝魚湯配雞肉的混搭吃法，晚一點來，還吃不到。

不遠處有夜店，夜更深一點的時候，會有穿著時髦的辣妹，來喝魚湯解酒。短裙網襪踝靴，假睫毛眼線液，金色眼影。亮晶晶的人兒來到這裡，豔光也要稍微收斂，濃妝下的臉龐還稚嫩，邊喝湯邊瞅著老闆的刺青與漂亮眼睛，大隱於市的浪蕩子，讓人好奇。

漂亮女孩常光顧，時不時逗老闆說話，年輕老闆不言不語不動心，繼續低眉煮魚湯，彷彿煮湯是修行，彷彿江湖往事，都灌注在那一碗湯裡。

一塊乾淨明亮的地方

凌晨三點，一家位於大馬路交會的路沖地帶，二十四小時營業的美式餐廳，由內而外，通體透亮著。附近是住宅區、辦公大樓，此時已沉入暗黑海底，悄無聲息，偶爾有幾條黃色金槍魚梭巡而來，停在美式餐廳前面，等著載客。從窗外看進去，像看著夜暗燈滅，客廳裡還幽浮著螢光魚的水族箱，水草款擺，各安其所，在裡面，一切都成了慢動作。

美式餐廳一點也不潮，走鄉村風，藤編木椅，暖黃光暈，營造家庭氛圍，連音樂都是八〇年代毫無個性的通俗金曲。凌晨三點，前不著村，後不著店，青黃不接的時刻，醒著也像在夢遊，帶位的服務生無精打采，懨懨地，長期熬大夜，面色青青，寒著臉丟下菜單後，便不太搭理。在後場，本該兵荒馬亂的廚房也慢下來，牛排在鐵板上滋滋作響，可以好整以暇，慢慢地煎，煎完一面換另一面，凌晨三點，廚師可以專心對待一塊牛排的時刻。

怪的不是這家店，而是過了午夜，還上門來吃牛排的人。

左邊一桌，兩個戴著棒球帽的ＡＢＣ，各自帶著辣妹，四個人湊成一桌的Double Date。外面不到十度低溫，辣妹一進店裡，馬上脫下大衣，裡頭清一色是細肩帶小洋裝，肩帶將落欲落，露出鎖骨的性感。我在廁所撞見細肩帶雙姝補妝，屈著身調整內衣，讓胸部集中成壑，描黑眼線，塗上鮮紅唇膏。凌晨四點，血盆大口的肉食女，一場蓄勢待發的狩獵。四人點了一桌的漢堡牛排，薯條堆成小山，番茄芥末醬豪氣地灑上，飄盪在空氣中的盡是油脂味，男結實女苗條，吃了再上健身房，無妨。飯後每人一客聖代，寒夜吃冰，年輕的胃受得了，大口吃肉大口吸可樂，年輕細緻的臉龐發著光。這一帶是高級住宅區，天之驕子或許還活在美國時間，夜半吃牛排，恰恰好而已。

凌晨五點，遠離八〇舞曲，開始電音。冷清的店突然又八成滿，五點，燒餅油條清豆漿的時刻，年輕的胃點的都是燒烤炸物，搖了一夜胃口大好，吃得嘴角淌油，吮指回味。傾巢而出的潮男辣女，像是從附近的夜店大批撤退。女孩的哥德妝誇張華麗，在夜店豔冠群芳，一來到燈光下，有如吸血鬼般地駭人，一客客牛排如潮水般不斷湧來，六分熟，切開就是鮮紅的血，生猛鮮甜。

美式食物有種誇富豪的揮霍，久違的勢利氣味，小時候第一家跨國連鎖速食店進駐台灣，不是人人都吃得起，只有班上最有錢的同學，家長會長的女兒，生日宴請的就是麥當勞全餐，只有經由她挑選過的同學，才得以參加「盛宴」。

清晨六點，等在外頭的計程車，載走了徹夜狂歡，酒足飯飽的一批又一批。有些人的一天正結束，有些人的一天才開始，趕早的計程車、掃地的清潔隊、送報伕。餐廳的大夜員工，黑著眼圈，忍著哈欠，也要交班。夜裡，這裡光線充足，照明良好，有某種程度的乾淨與秩序。太陽升起以後，一切就顯得平淡無奇了。

夜未央

深夜和朋友約在速食店，都是不受時間規馴的人，最後一班捷運已經開走，毫不心急，離開也許是兩點，是三點，也許撐一下到五點，剛好趕上對街的豆漿店開張，喝一碗加白砂糖的滾燙豆漿，點一份蔥燒餅夾蛋，搭第一班捷運，回家補眠。

深夜的速食店裡，總有許多東西可看。

時間慢了下來，門前車馬稀，櫃台只剩一人留守。廚房也不再分秒必爭，兵荒馬亂。店員可云出時間，一邊炸薯條，一邊清流理台。會選擇上大夜班，勞動於悖反的時區，總有較沉重的生活擔子，不為人知的各種原因。守櫃台的大前方，與清後場的大後方，偶爾見他們離開工作崗位，閒聊幾句，偶有小貓兩、三隻上門，亦有電動門叮咚聲幫忙提醒，不怕的。深夜的畸零時段才能浮出的怠惰、鬆散感，將燈光調淡，背景音樂轉輕，有些區塊完全熄了燈，空間便有景深，暗的那一塊通往愛麗絲的兔子洞，明的這一塊像挨在夢的邊緣，清醒著夢遊。

暗的那一塊，早早就有人占了位置，一個穿著長裙的女人趴著，長髮覆頭蓋臉，將她的面目藏得很好。桌上一小杯可樂已經開始融冰，汪出一灘水。取得最基本的入場卷，女人便肩頭起伏、安睡深眠，身邊伴著一卡大皮箱。深夜速食店的女人和一只皮箱，有各種排列組合說不完的故事。那麼笨重的皮箱，像是才剛剛負氣離家，再過一陣子，就會將身上的負累一一拋落，行李更輕，頭髮更披散。路上生存的第一要務，流浪女會脫下長裙，換上長褲。

也有凌晨兩點還不回家的青少年，高中生白馬一般的年紀，即使脫下制服，仍不掩稚嫩。綁著一條馬尾，將頭臉收拾乾淨，乾乾淨淨的一個女孩子，不知怎麼還待在絕對不屬於她的時區。她點了買大送大的薯條兩包，倒出來幾可鋪滿餐盤，女孩文靜地吃著，不急不徐，一根接一根，還要挨過長夜，速度千萬不能快。女孩桌上還有布製的鉛筆盒，吐露出各色的筆，紅的黃的綠的紫的，輪流把參考書畫成大花臉。好學生本色，一直正襟危坐著，彷彿只要一歪斜，就會漏了馬腳，「妹妹妳為什麼這麼晚不回家？」夜如遼闊無際的大海，此處是唯一的岸。

還有一對看似母女的觀光客，一前一後趴睡著，兩人都自備睡枕，母親的是天藍色，女兒粉紅色。兩人桌上都擺了優尼克隆的購物紙袋，典型觀光客的戰利品。也許怕趕不上班機，母親的桌上還擺著一個鬧鐘。看似是最後一夜想省旅館錢，暫時棲身於此。過一會母親醒來，揉揉惺忪睡眼，見鄰桌來了一個女人（應是深夜熟客），兩人開始聊天。女人從袋裡拿出東西來，「上禮拜說好要帶給妳的。」一句話勘破，明天或許沒有班機，那鬧鐘是要趕著在早餐時分，上班族人潮湧上前離開。天藍與粉紅的睡枕，兩卡皮箱，便有了別的答案。桌上一人一只的購物紙袋像個擺飾，仔細一看提把處起了毛邊，母女偽裝成觀光客，在這個離家後便已成異國的城市裡漫遊著。

我離開的時候，她們都還在。過了這一夜，她們就會各自撤退疏散，到沙漏的另一頭去。到了白天，則換上業務員、保險員、直銷員、想拯救眾生的心靈導師，這是另一塊浪遊的族群，儘管白天永遠不懂夜的黑。

寶變為石

深夜末班車，走出捷運站，月朦朧鳥朦朧，站口卻還有個賣麻糬、菜燕的小攤。

就著黯淡的路燈，一頭銀髮的老夫婦守著冷攤，深夜時分，麻糬攤車特有攬客的滴滴答答聲已歇止，依稀可見玻璃櫃中，上層的麻糬像一塊塊和闐白玉疊著，還剩下不少，勢必今晚賣不完。下層菜燕，小時候家裡媽媽常做，加了白糖的顏色淡一點，加了紅糖或黑糖的深一點，如果麻糬像玉，那麼菜燕就像黃水晶。麻糬Q軟黏牙，菜燕凝凍不沾，都是成本低廉的小食，但也從來不曉得，為什麼兩樣總要搭在一起賣，有時還加上涼圓，無鼎鑊火氣，白玉水晶擺在玻璃櫃中清冷展示，冰肌玉骨，自清涼無汗。

麻糬搭菜燕，而甜甜圈總是配上雙胞胎（或稱兩相好），有時還搭上芝麻球、蔥油餅，油裡來火裡去，都有趁熱燙舌的躁性。一張攤子看得令人眼花撩亂，其實原料相同，揉好小山似地麵團，熱好鍋油，中間挖洞，滾上白糖的是甜甜圈；中間不挖洞，只微微掰開，下鍋油炸後膨脹成一對，也滾上白糖，這是雙胞胎；包進豆沙滾上芝麻的是芝麻球；切碎蔥段同麵團一起和了再烙，這是蔥油餅。

有一種外省搭配是茯苓糕配山東大餅，偶見外省老人賣如一堵厚牆的茯苓糕，賣硬梆梆如石塊的山東大餅，切下來論斤秤兩地賣。不像西點店裡的麵包扁塌鬆軟，大餅硬梆梆地是實重，是乾糧，填飽肚子綽綽有餘，做料太實在，不配上茶常會噎著。此種食物令人想起戰時，帶了好逃難上路。

辦南北貨的南門市場，或者老眷區，常可見老伯伯騎一輛自行車出來，找個騎樓暫停，自行車後頭的蒸籠上簡單罩一塊白布，一掀開便是結結實實不花俏不取巧的笨重乾糧。我不曾去買過一個，但好奇老一輩，尤其是北方人，或許是吃慣饃饃窩窩頭等粗糧，都練得一嘴好牙口，那大餅，我光看就覺得牙疼。此物看似乾澀無味，實則十分耐嚼，嚼著嚼著，就能中和唾沫發酵，嚼出一嘴酒釀香，嚼出反覆擀麵的韌性與力道，這一輩吃慣南方精米與日式湯種麵包，再也嚥不下去那粗糧。

選擇多樣的，再加賣麻花、撒子，麻花裹滿糖霜，吃來硬脆，也需一口好牙。麻花像大女子的粗辮，撒子像黃毛丫頭絞得小股的細辮，都不類南方米食點心的Q軟黏牙。南方點心如湯糰年糕，吃起來拖泥帶水、不夠爽利麻脆，一嘴牙上下排你儂我儂被黏得張不開。的確吃食便是風土，風土孕育個性人情，北方人大口吃肉喝酒，灑脫乾脆。南方人嗜甜嗜黴爛腐乳味，有如老太婆的裹腳布，酒罈裡浸泡的嬰屍，纏綿迂迴至死方休。

麻糬菜燕，甜甜圈兩相好，茯苓糕山東大餅，此等街邊小食，或豪氣地滿滿裹上白糖，或豪氣地切一大塊秤斤賣，豪氣地不顧精緻不避粗陋。吃飽不吃巧的年代，畢竟徹徹底底過去了。滿街人都長了怕糖怕油的輕食小鳥胃，攤子冷了，成本低廉的小營生不好做，凋零一個是一個，沒有下一個。

回到深夜的麻糬攤，老夫婦看起來其情可憫，但涼的冷的麻糬菜燕，在需要滾湯熱麵的夜裡顯得那麼的不合時宜。我還是買了五個二十元的麻糬，不曉得到了明天早上，會不會寶變為石，軟玉硬化如石塊？

低到塵埃裡

幾十年前，常在家附近遇見一推著攤車賣飲料的老人，老人瘦小，背駝得厲害，即使站得直挺挺的，仍讓人有鞠躬哈腰的錯覺。人小車大，人輕車重，彷彿糞金龜滾著比身體大上數倍的土塊，儘管緩慢，仍是步步前進。

老人並非定點的攤販，而是推著車沿街叫賣，沒往鬧區集市去，僅在尋常人家的小巷弄中迂迴繞行。那時還不時興安親班，頸項間掛著鑰匙，十歲的孩子，懂得下了課路隊解散，自己開門回家。下午四點是個青黃不接的尷尬時段，父親還未下班，職業欄上填上「家管」的母親，則到附近的家庭工廠包魚餃或組裝捕蚊燈，好貼補家用。開了門家裡空空盪盪，都懂得鎖上門，放下書包，為自己倒杯涼水，拿出生字本，重新將鉛筆削尖，安安份份做起功課，都曉得要寫完功課才能去扭開電視看，一切自動自發，那個年代，十來歲的孩子都這樣。

傻楞楞的乖孩子，心無旁騖，唯有一個聲音會將其誘引出去，那是長長的一聲低吟「低………」。在家裡講國語的孩子，要到很後來才知道那是台語「甜」的意思。下午四點，離晚餐還有一段時間，孩子從撲滿裡撈了零錢，將鑰匙重新掛回脖子上，鎖好門，下樓一蹦一跳，兩個銅板也在口袋裡清脆彈響，腳步雀躍著，不必跑不必追，駝著背推著沉重攤車的老人，總走不快，走不遠。

老人的手推車顫巍巍地駛來，推車上有個沉甸甸的玻璃櫃，裡頭的點心不出三樣：炸油條、菠蘿麵包，還有一種素樸的海綿蛋糕。炸油條配杏仁茶，菠蘿麵包搭豆漿，海綿蛋糕襯米漿，彷彿約定俗成，孩子通常輪替著這樣的搭配。到了冬天，推車的左、右把手分別掛著一個大鋁壺，左邊米漿，右邊豆漿，倒出來都是滾燙的，小心用瓷碗接著，小兒不怕燙，一口一口啜著喝。

冰鎮的豆、米漿，則用洗淨的可樂瓶裝著，老人舉起玻璃樽往堅硬處一個磕碰，瓶蓋應聲滾落，插上吸管，手法乾淨俐落，甚是好看。瓶身蒙著水霧，自家做的冷飲透心涼，攤車下方的暗門拉開來，就是兩個漂著冰塊的大水桶，一桶白豆漿一桶黃米漿，玻璃樽浸泡其中。

攤車外頭還掛著一個大水桶，裡頭仍盛著水，水中載浮載沉的是喝完回收的瓷碗和玻璃樽。那個年代，包油條，撕下一張日曆紙，瓶瓶罐罐的飲料當場長氣飲盡，沒有外帶這回事。那個年代，攤車上沒有任何電動的冷藏或保溫裝置，僅僅只是，現磨滾煮喊燒的豆米漿，離了爐火旋即端上街來，駝背老人想必也住在這鄰近街區，他認份，不貪多，只做街坊生意。

滿載一車湯湯水水，瓷碗玻璃樽的攤車，日復一日，把老人的背壓得更駝了，幾乎和十歲小兒齊高。幾十年前的營生，今已不復存，但不知確切消失於何年月。那一聲聲「低……低……低……」的叫賣聲會讓人產生個錯覺，彷彿背越折越彎越來越低，一直低、低、低、低，低到塵埃裡。

身居地獄但求杯水

六月在達蘭薩拉採訪，印象最深刻的是藏人對動物的友善。我們住的民宿位於半山腰，要爬長長一段樓梯上來，往往走得氣喘吁吁時，都會有四、五條狗大剌剌地橫躺在階梯上曬太陽，行人要小心翼翼地跨過牠們，以免驚其好夢。

好狗不擋路，然而在道路窄仄、人車壅塞的上達蘭薩拉，四處都是這樣彷彿可以安睡到天荒地老的狗群，牠們毛色光滑，健康充足，眼裡沒有台北流浪狗的倉皇與驚懼，你幾乎要以為，達賴喇嘛講經開示時，牠們也聽得懂的。

在這個流亡之地，藏人住在簡陋的屋子裡，沿街擺地攤賣些小飾品，頂棚的細瘦竹竿，顫巍巍地撐在陡崖邊。

同樣在這個流亡之地，家無恆產的藏人，在屋頂或空地灑下麵包屑，給天上的鷹；在街邊轉角擱碗水、擺盆飯，給地上的狗。

◆

大暑台北，我想到安妮·普露的一篇小說〈身居地獄但求杯水〉。

遠方的殘酷接二連三，遍地烽火與死亡，Breaking News 的頻率已讓人麻木，近身的殘酷其實也隱隱密密地正在發生，在這個中產階級乾淨品味的城市裡，不曉得有多少街上的動物，要在這個夏天乾渴而死。

往常我回家，餵了家裡的貓，都會一併餵外頭屋頂上的貓。往常我回家，開了燈，在廚房裡有動靜時，窗外就會傳來喵喵叫，在隔壁屋頂的邊沿，隔著鐵窗，有貓等著。

一隻狸背白腹貓，我叫他胖虎，他因為打架瞎了一隻眼睛，樣子滄桑又帶點狠勁。他把屋頂的前任居民，一隻喜歡吐舌的虎斑母貓趕走，絕非善類，但惡漢也有柔情，占好地盤後，沒多久他就帶了一隻黑貓來作伴。討吃的時候，胖虎通常酷酷地不叫，叫喚我的總是毛色如一匹黑緞的黑貓一號。有黑貓一號，就有黑貓二號，同是母貓，也是通體皆黑，只是二號稍胖一些。

三隻貓都有好心人幫忙結紮了，證據是男左女右，胖虎剪左耳，二隻黑貓剪右耳，兩隻黑貓不曉得是不是姊妹？彷彿東宮西宮，她倆總是一左一右伴著胖虎出現，我戲稱牠們仨「一王二后」。

一王二后總是一起出現，冬天時暖和的白天報到，夏天時涼爽的黑夜報到，吃飽後，不管白天黑夜，他們總攤著肚皮在鐵皮屋頂上，寒冬時，那醜陋的鐵皮屋，曬過太陽後，就成了他們的電毯。這麼近也那麼遠，我永遠無法觸摸到他們，但我彷彿可以聽見，他們舒服打滾時，喉嚨呼嚕呼嚕地奏鳴。

一王二后於這人間無傷無礙，自顧自地歲月靜好。最近十多天來，他們卻不見蹤影，我下樓勘查，原來鄰棟通往屋頂的一扇只容貓通過的小窗，用鐵絲密密封住了。

我總是回到這個「進步」世界裡，才能察覺到人類極大的惡意。只希望下了地再也回不去的一王二后，遭逢他們的人能夠了解，炎炎夏日身居地獄但求杯水，微小的生存權利如此而已。

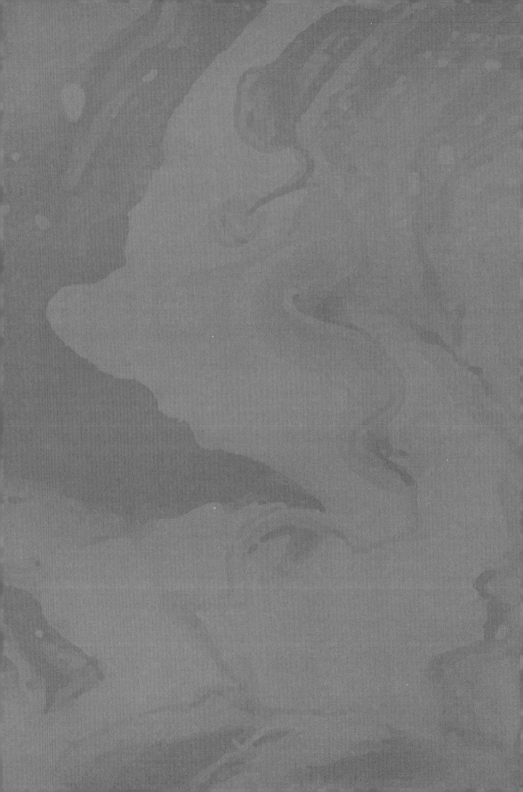

輯二

畸人

底層的珍珠

每天等公車，都會遇到一個戴珍珠項鍊的女人。

不是養尊處優的貴婦，而是粗枝大葉如農婦，頭戴斗笠，手攏袖套，穿著碎花阿婆衫、灰黑寬大的七分褲，腳下黑色短統絲襪突梯地襯著白布鞋。全身上下的刺點，在於她曬得黝黑，隱約還有汗水泥垢的頸項間，掛著一串珍珠項鍊。像赫拉巴爾的小說名「底層的珍珠」，晴雨寒暑，我見過她無數次，一定都戴著珍珠項鍊。我彷彿能想像，每天她出門前，在鄉氣俗陋的裝束之上，鄭重地掛上那串曖曖含光的珍珠，那麼，姑且先叫她珍珠吧。

珍珠的世界很小，終日枯守在站牌附近，一家書店前無遮蔽的空地，哪裡都去不了。空地上有兩台滿載紙箱雜物的推車，車很重，任誰也沒辦法輕易推走，但她仍然像隻鬥犬，圓睜著瞳鈴暴凸大眼，惡狠狠地瞪著路過的行人，嘴裡碎念有詞，生怕半路殺出個程咬金，會搶了她的紙箱。珍珠八字腿岔開，長時間蹲踞在書店門口，偶爾從門縫間偷一些冷氣，叮咚，時常是像我這種苦候公車不至的過路人，豔陽下進去貪點涼貪看一會白書。珍珠見我們出來，總神情怨怒，只有見到店員拿著紙箱出來，她才稍稍舒展緊皺的眉頭。

不遠處的電器行前，也有個白髮阿婆等著回收紙箱。平時楚河漢界，井水不犯河水，一旦阿婆越界走過來，珍珠便齜牙裂嘴地罵罵咧咧。平日裡她們總安份地各蹲各的地盤，珍珠和阿婆一整天裡所仰賴的，無非陌生人施捨出的三、五個紙箱。珍珠像隻看門犬，最遠只是到前頭的垃圾箱翻翻撿撿，撈出幾個寶特瓶或鋁罐。午後下起暴雨，她迅速穿好雨衣，撐開兩、三把歪斜斷骨的破雨傘，勉勉強強遮住她的寶貝紙箱。雨再大也不走遠，她等待的果陀總也不來，她的珍珠項鍊不知為誰而戴，她那兩大車紙箱，不曉得能換幾頓溫飽。

在城市的畸零角落，時常發現像珍珠這樣囤著紙箱過活的人。老舊公寓樓下的一對夫婦，女人精實能幹，男人花白頭髮，看起來年齡有一段差距，以回收廢紙維生。紙張依大小長短方正分類、捆紮，將保特瓶的剩餘液體倒乾、洗淨、壓扁，整理過的瓶罐紙張堆滿了後巷，城市裡無農田不生產作物，唯有藉著回收都會文明生活的剩餘物，裝滿一簍簍沉甸甸地，不是西瓜鳳梨稻米，而是廢紙塑膠鋁罐，另種形式的大豐收。資源回收並非流浪漢的專利，小康人家也搜著囤著，世道艱難，涓滴細流都要捏在手裡，斟酌度日。

同條巷子還有另一組母子檔，花白頭髮的母親，和綁著長馬尾，不論寒暑都時常赤裸著上身，賦閒在家的兒子。母親負責撿紙箱和保特瓶，兒子專責拆解各種廢棄電器，修不如買，從蜂巢般的萬家燈火千門萬戶拋擲出來的，冬天丟電風扇夏天丟電暖爐，歲末丟整套沙發組，領了年終換液晶大螢幕便丟了映像管電視機。偶爾我過了午夜才回家，母子倆披星戴月分頭整理，仍不停歇，他們家的紅色鐵門總閉不攏，開膛剖肚後，電器的腔腸漫到街上來，暗夜裡看去一閃一閃亮晶晶，像是遍地白銀，天亮了又變回垃圾。

Mrs. Dalloway

那天下午陽光正好，位於萬華的小套房在十二樓，不大，但收拾得宜、物有所歸。房間有扇對外窗，藍天下，晾曬的黑色絲質內褲差不多乾透，可以收進來了。

房間有一扇大床，雙人枕頭，一大一小。美美坐在床沿，在她從事性工作的執事房，她不戴帽子或口罩，只掛了太陽眼鏡。

床邊的小茶几上，有一大束百合，很吸睛。花朵是裝飾，讓房間不是冷冰冰的工作場所。花朵也是花的性器，尤其是百合，況且是「紫紅」色的百合，像是男人的性器，美美當然不懂文學上的類比，也許她像是戴洛維夫人，每天早晨，她就要去親自買一束花，一個儀式，如此而已。

牆上有兩個時鐘，左右各一個，翻雲覆雨，不管是翻左邊，翻右邊，都能看到時間。時間就是金錢，這不是俗濫掉了的譬喻，的確是實實在在的金錢。一次四十分鐘，男人精蟲衝腦，無暇他顧。女人不同，除了演練性愛技巧，還要在心裡琢磨，「還剩多少時間？有沒有讓他爽到？希望他滿意，下次再來。」

不大的房裡清潔劑最多，浴室裡有，房間也有，從擦地板、洗窗戶，到漱口水，應有盡有。保險套黏在床頭牆上，隨手可得。依美美從前在日本下海的經驗，不管用手還是用嘴，念茲在茲的是如何在不破壞氣氛下戴套，神不知鬼不覺讓男人無暇拒絕，那是種專業。

梳妝台下有一個籠子，關著一隻雪白狐狸狗，每個禮拜都送去修容洗澡，毛吹得蓬鬆彷彿一團棉花糖，一點氣味都沒有。我在房間兩個多小時，狐狸狗不曾吠過，一聲也不曾，貼心懂事若此。平常主人在床上辦事，彈簧床間歇搖晃，小白狐狸狗不大驚小怪，只是這樣乖乖地，認分地，待在牠的小籠子裡。

牠不知道，這個房間其實是大一點的籠子，牠的主人，也安靜地，認分地待在裡頭，不吵不吠，對他人無傷無礙，以身體營生。美美的常客有一位已成年的喜憨兒，每個禮拜媽媽都領他來美美的房間，等待的時間剛好去樓下吃一碗藥膳土虱，皆大歡喜。

只願警察不刁難，顧客勤上門，奧客退散，恩客常來，房租勿漲，白狗相伴，歲月靜好，現世安穩。

一路向北

在十字路口遇到一個男子向我問路：「碧潭要怎麼走？」

「碧潭要怎麼走？」我重複他的話，尾音提高，問句到了我這邊，還是問句，在二〇一八年的台北市，從古亭步行到碧潭，這句話不在現下的時空脈絡裡。

「你要走路過去？不搭公車或捷運嗎？」

「公車沒有車班了！」他口齒不清地說，操使著他不熟悉的國語，有些彆扭，說話像嘴裡含著東西。

不知是否看起來面善，或是無害，在外我時常被人問路、搭話。有次一個粗工模樣的男子，像蚱蜢一樣跳下他的機車，跟我要三百塊錢加油，看他急用的模樣，彷彿非要趕赴什麼生死交關的大事，我像是被催眠似地，真的掏錢給他，還指引了加油站的位置。

又有一次，在夜雨的金山南路，一個略微發福的中年男人叫住我，說他剛剛打公共電話，錢包放在電話上忘了，再回去就找不到。黑暗中他撐著一把黑傘，在黯淡的路燈下，他跟我借錢，說要買車票回六塊厝。他的衣著整齊，講話字正腔圓，不曉得是不是夜太黑，或者他一雙突出的魚眼直瞪著人，還是這年代已少有人打公共電話，我突然感到恐懼，往街燈下靠近，他還跟過來，我建議他去警察局求助，他惱羞成怒，說警察幫不了他。我說這麼晚已經沒有火車，可以先去警察局過夜，怕他痴纏，我急急地說完就走。

「六塊厝」這個地名在我心底發了芽，上網查在屏東附近，那裡有逐漸荒廢的眷村以及牛肉麵。多年後我到南部演講，從鳳山搭火車到屏東，經過六塊厝，也只是經過而已，忽然想起跟我借錢買車票的男人，我終於來到這個南方之南的陌生地名，而男人繼續隱身在夜雨的黑暗中。

或許他沒騙我。

或許他沒騙我，在台北，每個十字路口都有玉蘭花口香糖，都有輪椅傷殘鰥寡孤獨，那是一道一道數學考題，各種條件的排列組合：斷臂瘸腿的壯年男子，還是肢體健全的佝僂老婦？停下或不停下？買或不買？多數時候心狠，偶一為之買串玉蘭花贖罪，畢竟人都要趕路，捷運手扶梯排排站、往左靠，右側淨空，讓給趕路的人，三步併兩步，那麼匆忙，也那麼現代性的台北。

「碧潭怎麼走？」男人姓呂，來自雲林口湖，在大城市中他為什麼挑中我？《慾望街車》的白蘭琪說：「我只仰賴陌生人的善意。」也可能遭逢的是惡意，更多的是不搭理回應的漠然。時間將近晚上十點，師大路口吃飯逛夜市的人潮未散，這是我的日常，老呂的機遇之歌。

晚上十點在雲林口湖的鄉村時間，家家閉戶熄燈，沒有任何車班聲響，只偶爾傳來幾聲深巷狗吠。

老呂說公車沒有了，在我們眼前的公車專用道，隨時呼嘯過一列公車。

老呂黝黑乾瘦，那種乾瘦，像是在歲月的石磨上經年累月地碾壓，再也擠不出一點水分。他像是從《人間雜誌》還是阮義忠《人與土地》的黑白照片裡走出來，帶著八〇年代的光暈，當他突然出現在我眼前，我的生活街區，他提供給我一種抽離的眼光，突然覺得路人一個個都白富美了起來。

城市生活的餘裕是過了晚上九點，還可以找到一家不太高檔的日本料理店開著。遇見老呂前，我才獨自一人用餐，點一碗鋪滿鮪魚甜蝦貝類的海鮮蓋飯，再烤一尾午仔魚，一人占著四人位，對座無人，我備好配飯的書，是香港作詞人周耀輝的散文集《紙上染了藍》。吃完魚，點一壺熱過的清酒解膩，只要帶著書，一個人去哪裡都不奇怪。結帳時我不必捏著錢算計這個月的生活費還夠不夠，我平日不是奢侈行事的人，但偶爾一頓日本料理也不心痛，只因為我是二代台北人。

二代台北人住在有鏽蝕鐵門的五層樓老公寓裡，屋內囤滿舊書雜物，前窗貼著別人家的曬衣後院，居住環境絕不體面，然而只要繼承了一代台北人貸款背下的舊殼，就無須擔心房東漲租，不曾被拔離十步一家書店，五步一家咖啡館，三步一家便利商店，我成長的街區。

「碧潭怎麼走？」站在羅斯福路上，我指了往公館的方向，「一直直直走，就會到碧潭嗎？」我不知道，我沒走過。雖則我也是一個善於行走的人，能夠連走兩、三個小時不休息，但那是長久伏案讀書寫字後的行走，讓過度熱機的頭腦休息，無目的性，沒有非得抵達哪裡。

為了出差或演講的島內遠行，通常當日往返，不帶行李。風塵僕僕在路上的老呂將很難理解，今後的「出外人」將再也沒有行李，只有輕薄短小的平板電腦。他將很難理解，一卡皮箱不帶，身上還能保持潔淨。全家就是你家，小七去了離島，免洗內褲、指甲去光水、卸妝保養品、晚安面膜……現代旅人，早沒有一絲狼狽與寒傖。

旅人的階級，顯現在移動途中的真空保鮮程度，越是妝髮不亂、容光煥發、氣味清新，就越具有資本。

沒有資本的人，路上行舟，踽踽獨行。老呂一身黑衣黑褲，外套一件黑色劣質皮衣，皮衣上有無數的裂口，像一張一張吸吮的小嘴，把宿主吸得更乾更瘦。寬大的黑褲褲腳摺起，底下是一雙 TOMS 休閒鞋的仿冒品，夜市裡常看到大量粗製濫造的那一種，上頭是美國國旗的拼色，已經變得污黑。靠近他，才發現他的領口袖子也是污黑一片，聞著有一股尿騷味，他說坐客運上來台北，他如果說是一步一步從雲林口湖鄉走上來，我也會信。他全身的旅行「家當」，只有插進後褲袋的一雙免洗筷。脖子上有突起的黑點，看起來不像痣，像是餐風露宿後，不免沾染上身的一點一點，小塵埃。

問他怎麼來到古亭？「從台北車站走過來」，他循著我指的方向，繼續往前走，一條大路之後會有轉彎有岔路，他仍然必須仰賴陌生人的善意，也許深夜兩三點，他會終於來到深沉烏黑的潭邊。

目送他離開時，發覺他的腳一拐一拐，讓我更加相信，那是雙從雲林一路向北，不知走了幾天幾夜的雙腳。我追上去，拍拍他的肩，「我帶你去搭捷運。」

幫他買好單程票，我刷悠遊卡進閘口，他第一次搭捷運，怕跟丟，緊緊跟在我身後，兩個人擠著一個人的空隙過。

陪他等車，我們聊起來，他並不是我想像的，第一次上台北的出外人。三十幾年前，他在板橋的家具工廠當過工人，幫家具噴漆，工廠外移到中國後，他被資遣，回到雲林口湖，「我一直待在鄉下，沒地方去。」

陪他一段，小小一段，目送他上了正確方向的班車，臨別前他說到了碧潭，「跨過一個山頭，我就可以到中和，以前家具工廠的同事在那邊。」

警笛響，門關上，我來不及拉下他，改搭另一班往中和的捷運。

列車急速駛去，奔赴前現代的時空魔區，他一路向北，抵達始終成謎。

過冬

在街上，沿路收集紙箱和舊報紙。雨過天晴，收集被人丟在路邊，龍骨歪斜的破傘，收集穿過即丟的一次性廉價黃色雨衣。像螞蟻一樣辛勤收集，沿街囤糧。趁下一波冷鋒來襲之前。趁濕寒凝重的灰色雲團，尚未覆蓋整片藍天之前。趁天空還未流淚之前。趁北風還未磨成一把鋒利的尖刀，吹來還不那麼切膚刺骨之前。如果流浪夠久，運氣夠好，還可以撿到一輛廢棄的鐵馬，不是自行車，不是腳踏車，就是一匹負重的鐵馬，帶上過冬必備用品，尋覓大半個城市，找一處稍可避寒的所在。

難捱的夜晚，商家終於把鐵門拉下，這時才進駐騎樓，三面透風的騎樓。先測量風從哪裡來，張開兩把破傘，交疊連綴成一大朵傘花，便是一面薄脆的牆，勉強擋著風。底下多墊幾個從回收阿姨手上搶來的紙箱，地底升起的惡寒，仍是一陣一陣。紙箱接了地氣，難免受潮，明早出太陽時要記得曬乾。報紙的用途，是充當簡易衛生衣，多塞幾層在衣服間，和積滿泥垢的身體醞釀出些微的暖意。那泥垢是千千萬萬不能搓掉的，天寒地凍，人必須學著與污垢共處，有了油脂保護，才不至於失溫。最外層套上廉價黃色雨衣，層層包裹得像一個木乃伊，結繭成蛹好過冬。如果行有餘力，可以在街邊撿隻貓或狗，想辦法為牠弄一點吃的，牠便死心塌地跟住你。窩在心口，發燙的懷爐，你溫暖牠，牠溫暖你，一起過冬。

寒意滲透骨髓，如真受不了，可以去便利商店喝碗熱湯。曾看過浪人這樣的喝法，在關東煮裡撈一顆水煮蛋，裝一碗湯。一塊百頁豆腐，裝一碗湯。一塊苦瓜鑲肉，裝一碗湯。重點是那三碗冒煙的湯，熱湯暖腸胃，一股暖流從頭到腳，通體舒暢。儲備於體內的熱能，應該還夠熬上一晚，十度以下的低溫。只是不知道，到了明天，還撿不撿得了足夠的寶特瓶來換買湯錢，畢竟冬天喝飲料的人少。

在外過冬的，還有流浪貓狗。流浪狗合群些，兩、三隻靠在一起取暖。三五成群的狗兒礙人眼，通常被放逐到城市的邊沿去，河濱荒地芒草間，撥開來，窩著一家子狗，同花順的兄弟姊妹白日追逐互咬，晚間相濡以沫。也有母狗剛產下一窩狗崽，嗷嗷待哺，降生的時序不對，怕是熬不過這一冬。

城市裡的浪貓不那麼顯眼，貓的稟賦使其可三度空間飛簷走壁，遁走無形。貓的孤僻則讓其只能各自藏身，好自為之。冷天裡四隻腳連同尾巴，一同藏好收妥，只剩身體端坐成一個蒲團。貓臉上的表情彷彿老僧，疾風呼呼，入定隱忍著苦。老一點的社區，有貓出沒的地方，夏天放潔淨盆水，冬天放紙箱、舊衣服。新一點的大樓，浪貓潛入停車場，躡手躡腳跳上還熱著的引擎蓋，藉著漸漸消退的餘溫，挨到天明。天明只留下一串貓腳印，髒了名貴車，管委會趕盡殺絕，絕不寬貸。

忠孝東路上有個婦人在賣烤番薯。夏天時，整個城市像個大火爐，婦人的謀生工具是個小火爐，爐內吊著番薯，烤得熱烘烘地，沒人想靠近。她帶著兩個孩子，大孩子會跑會跳，時常趁婦人不注意，竄進便利商店裡，聽叮咚叮咚聲，也偷點冷氣。另一個襁褓中的娃兒被拴在嬰兒推車上，他的小哥哥不太耐煩陪著他，他的母親為了想多做點生意，將攤子推到馬路邊，將他留在騎樓下好避毒辣的日頭。大孩子自己找樂子，小娃兒哭鬧不休，母親只能用眼角餘光瞄瞄他們，愁眉苦臉著，因為生意實在差。

上下班尖峰時間，每天吸飽廢氣粉塵。從夏天賣到冬天，生意才終於有起色。有一天我去跟她買，居然全都賣完了，只剩下零星幾條小番薯。婦人說不算我錢，統統包給我。過了這個冬天，一切都會好轉吧。

乞者

狄西嘉的電影《風燭淚》（Umberto D），在五〇年代戰後經濟還未復甦的義大利，一個退休文官，無法以微薄的退休俸度日，落得兩袖清風，眼看就要被房東趕出去露宿街頭。他一一將懷錶、心愛的藏書變賣，接著是羊毛大衣、訂製西裝、手工皮鞋，剝除關於身分地位的物件，仍然湊不出房租，頻頻被房東羞辱。

走投無路，他帶著心愛的小狗上街，觀望許久，顫抖地伸出一隻手，試了好幾次，將手心慢慢朝上，伸出，一個艱難的，乞的動作。路人無視他，好不容易有人掏出銅板，他卻將手心轉下，假裝正端詳著自己的雙手，始終無法仰賴陌生人的善意。最後他脫下軟呢帽，僅存的紳士象徵，讓小狗前腳直立，咬著帽子討施捨。自己躲在一邊，彷彿不是狗主人，正巧以前的同事經過認出狗來，退休文官帶著狗，羞愧地落荒而逃。

夜晚經過忠孝東路，可以看見各式各樣的乞者。光明總夾帶著黑暗而來，逛街的人群有多鮮麗，乞者就有多黯淡潦倒。有四肢健全的壯年人，沒什麼說服力，只能用上蠻力，點頭如搗蒜，拚命磕頭，彷彿自殘似地，額頭不斷撞擊地面，發出響聲，行人走過，也不免為之震動。有乞者以視覺取勝，斷手或斷腳，可憐形諸於外，或者乾脆亮出一隻流膿的爛腿，腐肉氣味招惹蒼蠅，菩薩也不忍低眉，丟下錢馬上離開。有的以悲情故事取勝，地上鋪了紙，蠅頭小字密密麻麻，詳述一生苦難，但誰有耐心看呢？原本安靜的乞者，突然自言自語，叨叨絮絮起來，來人哪，來聽聽他的冤，他的血他的淚。

印象最深刻的，是個形銷骨立的老人，逕自閉目養神，結跏趺坐，一個銅飯碗擱前，標誌乞者身分。偶爾，行過的人為他靜定不屈的氣場所觸動，擲下幾個銅板，銅板在飯碗裡哐啷清脆地響。老人聽到了，仍不睜眼，不動心，彷彿就要趺坐成一朵暗夜裡的睡蓮。乞者不一定屈辱、卑微，常見街頭化緣的女尼，托缽長跪，臉上有一種求道的凜然，一跪就是三、五個小時不起，一個決絕的，乞的動作。

中國電影《血蟬》裡，好手好腳的夫妻，花錢買了一個瘸娃兒，上街營生。父親走前面，母親背著假女兒殿後，留心相隔一段距離。母親不只要背娃兒，還要自己拿著包袱，裡頭有一塊黑麻布，鋪了坐在地上才不寒，有一個乞討的碗，有一張哀告身世，白紙黑墨的字。通常在車站前的鬧區，母女倆靜靜坐著，不刻意裝可憐，不主動乞討，通常只低著頭。乾坐在那裡，讓人指指點點就夠難受了。父親遠遠地站在對街，嗑瓜子，抽菸，怕有突發狀況，不會輕易離去。

一家三口的日子，除了上街拋頭賣臉的難堪之外，其餘都還歲月靜好。討飯回家後，母親做飯，吃得不算差，大碗白米飯有的，炒雞蛋、肉末、青菜都有的，母親將肉絲大把大把往假女兒碗裡夾，不是都市傳奇，沒有預料中的虐待情節。尤其演母親角色的動了心，帶瘸娃兒去看病，回來煎藥時，父親不給煎，說買這孩子來是為了掙錢，不是為了治病。母親仍堅持每日煎藥給娃兒，睡前打盆熱水，弄濕毛巾幫女娃按摩瘸腿。

買孩子的夫妻看似是剝削者，其實這樣底層人的相互依存，行乞維生，恰恰好就是一條活路。

道路以目

淒風苦雨地從陽明山下來，雨傘吹壞一把。搭捷運在古亭站下，錯過吃飯時間，找了一家黯淡的麵店，趴著小憩的老闆娘扭亮了燈，點火為我煮一碗素湯麵，還燙一盤地瓜葉，暖暖胃腸，吃完又往老地方逛書店去。

首先遭遇一穿黃色簡便雨衣的老人，後頭拖著一大落紙箱，不像乞討者。只要有人經過，他把雙手不自然地拱起，像掬著一瓢將漏的水，向路過的行人伸來，小聲地說，肚子好餓想吃東西。我走路比一般人快，聽到這句話時，已越過他七、八步有了，停步，細細思量該給多少，零錢還是紙鈔？要怎麼給，他面前沒有讓人丟錢的盆子，直接塞到他手裡嗎？還是回程經過再給吧。

回來時經過，人已不在。

騎樓下，兩個男子在推銷羊奶，共用一個簡陋的小冰箱，上頭綁著引人注意的造型氣球。年輕資淺，看來像學生模樣的推銷員拿傳單給我，我通常會拿，在他眼裡大概是釋放可行性的第一步。接著他馬上追來，倒了一杯讓我試喝，我也喝了。年輕人顯得有些急躁，也不問我口味如何，馬上索討地址，要送羊奶先讓我試喝一個月。心知肚明地，這種事情一旦心軟，答應了就是麻煩上身，推也推不掉。問我住在哪裡，撒了謊，說在內湖。年輕人去問前輩內湖有送嗎？前輩說有。我說我先拿傳單參考就好，年輕人急了，跟著我不肯放，苦苦哀求，拜託拜託，幫忙做一下業績。一旁的前輩冷冷地瞅著他，任其自生自滅。

便利商店前，兩個賣玉蘭花的男子，一前一後罰站，行人一陣風地走過去，他們捧著花彎腰鞠躬，起身時只被風尾掃到。男人不瘸不殘，也不涉險到車陣中兜售，誰買他的玉蘭花呢？他拿著面前的籃子朝我伸一伸，說從外地來討生活，不是乞討，但模樣有些卑微。

照例，去程我先觀察一遍，逛完書店回程再買。先跟一人買，他塑膠籃裡的玉蘭花，花尖已有些泛黃，賣相不好，問了一串三十，略貴。在車潮間搶紅燈時間差的，約是一串二十。反正我不為玉蘭花來，就跟他買了一串。

他身後，一個更瘦小、畏縮的男子，身形實在單薄。起先我以為是還未成年的男孩，臉一抬起來，也是張歷盡風霜的老臉。他不賣玉蘭，賣香花，一串二十五，我只有五十，他問要幾串，我很自然就拿了兩串，不找零。

今天一共花了八十元，稀薄、微小地，經過計算過的善意。

淒風苦雨地，麵煎餅攤前依然無人，煎餅堆得像小山似地，大概很快就冷了。

以手代腳，以拖車代步賣抹布的肢障男人，下雨天依然出來。經過沒有騎樓的地方他就要淋雨，雙手在濕滑的地面撐著，推著，緩慢地往前一寸一寸挪動。

我已經跟他買過兩次抹布，至今擱置未用。

我吃飽了，沒胃口去買堆成小山的麵煎餅。

我不喜歡玉蘭花香味，一聞就要頭暈。不訂報紙、雜誌，自然也不會訂羊奶，我不喜歡被任何契約化、規律性的事物綁縛住。

施捨不難，人與人的接觸才難，我不知道要怎麼拿錢給穿雨衣的老伯而不臉紅。

短短一條路，我要狠下心好幾次。

浪人與貓

L將長髮紮起束在腦後，胖敦敦地笑著，像座彌勒佛。他把所有家當隨身帶著，小拖車上，最底下是販賣用的雜誌，中間是破舊的軍綠色旅行袋，最上面是一個貓籠，裡頭有三隻嗷嗷待哺，眼睛微開，還未斷奶的小小貓。貓籠底下鋪著沙，夾帶著濃重的貓屎味，被母貓放生離棄的小貓不時嗚嗚哀鳴，L將牠們一隻隻從籠中撈出，沾著屎尿的仔貓直往他袖口領口裡鑽，彷佛他那胖大積滿泥垢的身軀深處，有那麼一絲母貓的熟悉騷味。

L是年輕遊民，平時在捷運站口賣《大誌》雜誌，晚上睡在網咖，在遊戲的爆破聲中入眠。遇見他的這一天，我和朋友剛參加完凱道上的動保請願活動，許多人將家裡的狗帶出來，綁了啾啾繫上領巾，毛色光滑，精壯結實的狗，看得出日常都獲得悉心照料。我和朋友的身上貼著「以認養取代購買」的貼紙，朋友進捷運前先在外面吸菸，有人從後面拍我們肩膀，是L，抱著他的仔貓，一笑就露出蛀蝕缺洞的門牙，問我們剛剛參加什麼活動，那貼紙是什麼回事。

一回生，二回熟，日後我每個月固定去跟他買雜誌，每隔一段時日，他把小貓一點一滴拉拔大，四個小時就要餵一次奶，反正他長期淺眠，有時真挨不下去還要睡公園，常被警察趕，睡眠不足已是常態，習慣了，無所謂了。小貓喝奶喝得肚子鼓脹，一瞑大一吋，會跑會跳，活潑可愛，買雜誌的年輕女生動了惻隱之心，L送養兩隻出去，剩下最瘦小的一隻灰背白腹的，L幫牠取了一個名字，叫做「小唯」。

小唯大了，也不怕生，頸項間繫了繩子，白天被帶在街上陪L賣雜誌。天氣熱，就拴在樹蔭下跟自己的影子玩耍；天氣冷，L稍稍拉下夾克的拉鍊，小唯在裡面渥著L的體溫，睡得正舒服。L不幫小唯剪爪，怕牠哪一天走丟，沒了爪子被其他貓欺負，也不結紮，所有將寵物規馴的閹割、翦除，統統沒有。夏天穿短袖，L的手上滿是貓抓痕，到了冬天，小唯發情爬到L身上撒尿，尿得他整頭整臉，唯一一件禦寒的夾克也淪陷。雜誌賣超過當天預期的量，L就會到旁邊的超市，買一袋泡麵，一大罐可樂，還有十幾罐給小唯的貓罐頭，這已是最大的奢侈。

每逢下雨、寒流，L的生意就直直落，每個月有幾天要睡公園。屋漏偏逢連夜雨，在捷運站前帶著一身家當賣雜誌，時常被趕，L只能將小拖車擺得遠遠的，都是一些過期雜誌還有舊衣服，還是被偷了。一失足，便跌落谷底，好幾個月不見L蹤影，L沒有聯絡方式，我在他臉書上留下手機，請他需要幫忙就打來。他用公共電話打來，撥手機吃錢快，我知道他身上所剩無幾，我聽到五元十元的錢幣一塊一塊迅速掉落，像用刀子一塊一塊割他的肉。

約了地點借（給）他幾千塊，也只能是這樣了。浪人和街貓幾頓的溫飽，換取我一時的心安理得，很合算。他人的餘生，我能負擔的極為有限，幾次繞過他常駐的路口，總避不見面，怕一見面我就成了債主，相見難免尷尬。在對街，遠遠地，我看見一個胖大的人，一隻瘦小的貓，會這麼一直相依為命相濡以沫下去，儘管過沒多久，警察又來趕他們。

冬至的夢

到了冬天，哥哥特別怕冷，四處找暖和的地方窩藏。

椅子上、紙箱裡，都鋪上舊衣服或厚毛毯，廝磨許久，將身體盤成首尾相連的莫比斯環，仍聚不住暖意。哥哥走進房間，輕跳上床，據住羽絨被的邊角，挪騰一陣，好不容易睡暖，喉間開始舒服地打起呼嚕。忽有龐然大物一個粗魯地翻身，將被子掀翻，哥哥跌下床去。無處可窩，這才想到一個幽暗之地，他用手撥一撥，再撥一撥，將衣櫥的木門，漸漸地推開一點縫隙，貓身鑽進。上頭垂下大衣，底下堆疊毛衣，他柔軟的腳掌，很快就深埋進衣山，一踩一收，一踩一收，模擬小時候吸奶，按摩母貓的肚腹。

衣櫥的深處，像是最不被驚擾的黑暗之核，躲貓貓的哥哥，終於睡著了。

哥哥是一隻八公斤已結紮的大黃公貓。通體皆黃，全身上下只有胸口和腳底有稀微地一抹白。印度小黑人童話，三隻老虎在椰子樹下咬著對方的尾巴繞圈圈，加速之後，老虎溶成一團黃油。在冬陽下打滾的哥哥，就像是一團黃油或乳酪。儘管有著小太陽一樣的毛皮，黃貓卻特別怕冷。

推算回去，八年前的冬天，哥哥還只是一隻巴掌大的幼幼貓，不盈一握，還有一隻比他更瘦小的貓妹妹，和貓媽媽走失，或者沾了人的氣味被遺棄。每年春、秋兩季發情期後，就有許多柔軟、纖弱、易於摧折，也許覆著胎毛，還未開眼的美麗小東西們降生殘酷大街。在屋頂上，在涵管中，在水溝裡，幼貓的叫聲像嬰兒，嚶嚶哀鳴。美麗，卻也麻煩至極的小東西，天地不仁，以蒼生為芻狗，心一橫，充耳不聞，忍一下，這些短暫的生命就過去了。

總有忍不住的，想方設法翻牆走壁，像貓一樣的敏捷身手，撈起奄奄一息的小東西。以滴管三小時餵一次奶，濕紙巾刺激排尿，哥哥與妹妹，從此安居落戶，成為忽忽家的貓。作家忽忽長期在淡水餵浪貓，她有個迂迴的餵貓路線，忽而堤岸邊，忽而榕樹下，忽而鑽小巷，忽而閃進老街後方的階梯，都是些稍離人潮的隱蔽之處。一柔聲叫喚就有貓來，她不直接將食物倒在地上，而是從牆頭，從草叢間摸出幾個淨白大瓷盤，即使是浪貓，也要讓他們乾乾淨淨、體體面面地吃飯。

二〇〇九年冬至，忽忽出門餵貓，返家途中被車撞傷，再也回不來。除了外頭餵的貓，忽忽還有養在家裡的七隻貓，像《星星知我心》的劇情，兄弟姊妹從此四散各地。其中一對黃貓，哥哥與妹妹，從小依偎相存，須臾不離，也要被迫分別。妹妹到花蓮，哥哥來台北被我收養，他比剛來時胖了一倍不止，怕冷，睡覺會打呼，不喜歡給人抱，忠厚老實，只不過有時會為了搶地盤撒尿。

腿粗壯，肚肥軟，毛蓬鬆，就這樣長成了一隻健壯的大貓，沒有意外的話，能在這公寓四樓裡慵懶終老，唯一激動的時刻，是放風到陽台，盯著鐵窗外的鴿子窮甩尾。貓的記憶，很短，其實無能報恩。將他一手奶大的主人，他大概忘了吧，大概也徹底忘了曾經相依為命的妹妹。

哥哥窩在壁櫥裡，做著黑甜深沉的夢，也許他會夢到前世，有一個孤單暗影，在冬至夜裡，逆行於排隊買湯圓的熱鬧，逆行於歲末看煙火，過年放鞭炮的喧囂，長時間蹲踞於街角，叩叩叩，咪咪喵，出來吃飯囉。

理想的下午

午後的艋舺，步調特別悠緩簡慢。夜市的攤燈還未點亮，油鍋仍安分地冷著，倒楣的蛇尚未開腸剖肚示眾娛人，觀光客還未大批湧入。理想的下午，只屬於在地庶民，穿著拖鞋，八字步伐，大搖大擺，像螃蟹一樣顯擺橫走。或者不戴安全帽，單手控制機車龍頭，到走路用不了幾分鐘的地方，喝碗鱸魚湯。

在地庶民是帶著濃濃台味的歐吉桑們，看來都帶點江湖氣，衣服刺龍繡鳳，外搭厚重皮夾克，都是就近在夜市，跳樓大拍賣的店裡買來。歐吉桑還不到退休年紀，但絕不服膺朝九晚五的社會規則，大白天裡猶然無所事事，像個閒雜人等似地穿街走巷，四處晃蕩。整個艋舺，幾乎不見一家可以坐下來的咖啡廳，在台北是個異數。坐下來，才有午後的悠閒，生活的餘裕。歐吉桑坐下來，在不做觀光客生意，傍晚即收的低調小麵攤，坐下來切盤豆干海帶滷菜，好下酒吃。歐吉桑在相熟的攤上，總會寄上一瓶蔘茸藥酒，或者竹葉青。麵攤不賣酒，亦會備上玻璃杯，讓歐吉桑獨自小酌。真正的重頭戲在晚上，華燈初上的快炒海產攤，揪了弟兄，行酒令划酒拳。或者更晚一點，在飲酒街的阿公店，地方上人際的眉眉角角，利益的切割分配，都在這裡了斷。

攤上賣的多是四神、當歸、藥燉，歐吉桑日常的吃食，大多帶有進補意味。下午的攤，其實等同於歐吉桑們的露天咖啡廳，吃巧不吃飽，別處沒有的虱目魚頭，多刺土虱，歐吉桑都懂得吃。賣當歸豬腳的攤子，相識的老闆會特地留下一碗菜牌上沒有的豬尾湯，隱藏菜單熟客才有。艋舺的歐吉桑，特別有那種美國時間，吃多刺的魚，不厭其煩地一根根挑刺，啃帶骨的肉，在骨頭縫裡掏出殘餘的肉。吃得滿桌狼藉，魚刺骨頭掉滿地，讓底下候著的流浪貓狗，也能分得一杯羹。歐吉桑吃得咂咂作響、嘴角淌油，順勢舉起衣袖一抹。油膩的雙手往褲上一擦，不拘小節，娘娘腔才用那麼多面紙擦嘴。

歐吉桑通常從外表看不出來，到底做何營生。可能坐在一旁默不作聲的是角頭，囂張跋扈的是卒仔。談生意喬事情都在晚上，午後晏起，心情不好時就喝悶酒，心情好就叫碗鹹粥，點了滿桌的炸物，炸旗魚，炸紅燒肉，炸豆腐，炸天婦羅，豐盛擺滿一桌，一個人可能吃不完，但就有種澎湃感。心情閒適就到甜食攤，叫碗濃郁花生湯，配油條或椪餅。閒來無事就到龍山寺前的廣場，和遊民對弈下棋，或者觀棋，長久不受社會規馴，不修邊幅的落拓歐吉桑們，和遊民之間的界線稀薄微弱，和在一起，沒有任何違和感。

晚一點有瞎眼的街頭藝人來廣場上唱歌，歐吉桑們下棋、聽歌、算明牌、簽樂透。艋舺的彩券行特別多，有時也見遊民側身其間，用僅有的一點錢，換取徹底翻身的微小希望。翻不了身，就到門禁不嚴的公寓裡，一層一層搜刮門口鞋櫃的舊鞋，拿來艋舺街邊擺攤兜售，換了一點薄錢，那麼或許也可以爬上桌，坐上椅，和歐吉桑一樣，來一份滷得入味的虱目魚頭，喝一杯蔘茸藥酒。又或者歐吉桑江湖闖蕩，妻離子散，栽一次跟頭，便跌入遊民之海，從前相濡以沫的，適應起來還不太難，下棋、聽歌、算明牌、簽樂透，只要在冬夜裡，不要有人灑水驅趕，這晃蕩的日子，理想的下午，似乎可以繼續過下去。

你需要粗工嗎？

在北回歸線經過的嘉義，採訪芳春公寓那幾天，人間四月天，天氣卻特別炎熱。在這棟三層樓的廉租房待上一陣子，上衣像浸過水，從裡濕到外。我必須要不時鑽出小巷，去附近的便利商店吹一會冷氣，風乾衣服，才能回去再濕一次身。

除了濕身，還有被蚊蟲叮咬的滿腳紅豆冰，我可以在這裡採訪一整個下午，卻無法想像住在這裡，即使過上一夜。在中庭遇到一個拄枴杖，買便當回來的住戶，他見我杵在那裡，好奇問我，「妳是新來的房客嗎？」我笑著搖搖頭。問他需要幫忙嗎？他也搖頭，一手提著便當，一手拄著枴杖，沿著迴旋樓梯，一階一階慢慢爬上去。他住二樓，並非房東不體貼，因為枴杖哥畢竟還年輕，身強體壯，住在一樓的大多更老更弱更殘。

一樓房客小貞，五十多歲的離婚婦女，丈夫吸毒入獄後，被夫家掃地出門，乳癌化療康復中，已割去一邊乳房。她的房門總開著透氣，門口有片布幕，她在布幕後頭招呼人，聲音富有磁性。她曾在林森北路酒店街當過媽媽桑，手下十幾個小姐，她隨身帶把小刀，有酒客找麻煩時會拿出來亮幾下。

掀起頭蓋走進去，小貞半躺在床上看電視，沒點燈，電視畫面的螢光投射在她臉上，忽青忽紫，臉色青筍。一整個下午，她都可以這麼過，開著門，垂著布幕，半隱蔽半開放，刻意不點燈，牆上的電視自顧自地演著，她其實什麼都沒有看進去，彷彿那是一缸深海銀魚，陪她一路沉到海底。

燈打開，瞬間蒼老了二十歲，像個七十歲的老婦。喝過鹽酸、通樂，兩次自殺未遂，她的胃被切掉一半，牙齒腐蝕殆盡，沒錢裝假牙，只剩下上下兩排牙床。乾癟的嘴像個黑洞，把雙頰都皺縮了進去，儘管眉宇間還有從前細細紋畫的眼線，也是枉然。

床腳正熱著一鍋蘿蔔排骨湯，燉煮到軟爛可讓她入口的程度，她問我要不要來一碗，我看著那煮得過爛而混濁的湯，搖搖頭。她名副其實的小鳥胃，一整天只吃這一小鍋，開著小火，放在爐上讓湯持續滾著，從早吃到晚。房東媽媽待她如女兒，有時煮些魚湯來，喚她小貞，讓她又年輕起來，交了一個沒有肉體關係的年長男友，陪他唱唱歌，牙齒不在，她的歌喉嗓音還在。

悶熱的木板房裡，小貞連電扇都不吹，她細瘦有如幼童的四肢，看起來冰涼，沒有溫度。她房裡沒有鏡子，短髮也不太需要梳理，自殺未遂後她就不照鏡子。床邊一雙拖鞋不是那種隨隨便便的藍白拖，而是一雙描金邊鑲著假寶石的淑女涼鞋，不知是不是男友送她的。她不是不愛美，那是她房間裡，唯一會發光的物件。

二樓房客秦伯伯，榮民，八十幾歲，腿腳尚有力，還能出去趴趴走，逛醫院，領回其實吃不完的藥袋。老秦父母雙亡，由姥姥帶大，本來在湖南的中藥行當學徒，同鄉說宋子文的軍隊在招兵，小秦想去外地見識，先到廣州，再來台灣，後來就變成老秦了。

他是常需移防的砲兵，四處遷徙，成不了家。退伍已經五十多歲，幫人守過檳榔園，替學校煮大鍋飯，學校把他辭退後，他就搬來芳春公寓，住下二十多年。他的房間木板牆上隨意用簽字筆記上幾個電話，在台灣能聯絡得上的幾個人，也就是昔日同袍，但也凋零得差不多了。他喜孜孜地從床下掏出一張合照出來給我看，是他和笑容甜美的嘉義市長候選人陳以真。秀完照片，他用報紙包了好幾層，小心翼翼地收回床下的餅乾盒裡，和他的退伍證擺在一塊。

家徒四壁，水清無魚，只有床邊一大疊沒包裝的衛生紙，房東發的，老秦積起來儉省地用。還有一落摺得四四方方的報紙，問做啥用途，老秦說是洗好澡拿來擦腳用，因為只有一條面巾。地上一個煮食用的電鍋，他從床底掏出寶貝的一袋米，那儲藏的樣態，讓人錯覺老秦其實還活在戰時。每天早上梳洗後，再熱的天氣裡，他上身汗衫，下面一定是一條西裝褲，繫上皮帶，幾天看他都是這樣，不曾因家居而隨便。房間西曬時，白天簡直待不住，他寧可蹲在巷口的騎樓下，吹吹風，看看街景路人。

一樓房客王先生，房間在走廊盡頭，長年不見天日，旁邊就是小便斗，開門便是尿臭味。進了房間，風扇稍稍把味道吹淡，桌上有張亡母遺像，每天以便當一個或水果幾個祭拜。亡母是聾啞人，比他先一步住進來。王先生失業後回嘉義當保全，也搬進來，十幾年間，在這裡送走了母親。

保全月領一萬八，輪三班制，生理時鐘長期混亂，讓他得了憂鬱症，長期無法入睡。積勞成疾，接著是肝癌。從保全離職後領了勞保二十幾萬，全部拿去開刀治病，如今，又身無長物了。他學會四處找單位救濟，也幫其他房客申請（酌收手續費五百）。今年他好不容易熬到六十五歲，可以開始領微薄的老人年金。他的房間沒有電視，收音機取而代之，廣播節目的女聲，殷勤地對他說話，收音機，他隨身帶著。牆上貼著幾張海報，裸女擺著撩人姿勢，髮型妝容過時，海報斑駁泛黃，想必在他進駐之前，就已經存在。連同樓上老秦的陳以真，孤獨，及其所存在的，在關上的木板房門後，偶爾傳來幾聲狗嗚。

一、二樓之間還有一個夾層，要爬陡梯上去，在夾層的房間裡須曲著背，直不起身。住夾層的大多是在工地打零工的工人，裸著上身，臂上繡龍刺鳳，僅穿一條短褲，送過夜的七辣（女朋友）出來，剛好被我碰到。汽車旅館過夜一晚兩千元，正好是芳春公寓一個月的房租。是真愛吧，七辣一點都不介意，愛的小窩是木板隔間的簡陋住所。

春、夏、秋三季，芳春公寓還有空房。一旦入冬，在公園打地鋪的浪人，受不了地寒，便紛紛捲了鋪蓋，進來過冬，等待天氣暖和了，再搬出去。打零工的機會有一搭沒一搭，浪人們無法時時有屋簷遮頂，吃飽或睡暖，必須做出選擇。

房客不是做粗工，要不然就是幹保全。芳春公寓在一條窄巷裡，出去就是嘉義鬧區，正在大興土木的工地圍籬牆上，漆著「你需要粗工嗎？請打0932XXXXXX」，我終於能了解，這些等待果陀的號碼，從哪裡來，往何處去。

餘生

每天晚上回家前，我會多走一段路，繞到街角的那家便利商店前，看看那個中年男人在不在。

遠遠地，通常先看到他的大堆行李們像鯨魚擱淺在門口，兩個略顯陳舊，綻出毛邊的行李箱，外加好幾個塞得鼓脹的塑膠袋，全部用一根尼龍繩捆在小型拖車上。從這些彷佛化石層疊的行李可以猜測，中年男人「在路上」的資歷，已有一段時日。

讓行李停留在視線範圍內，男人坐在玻璃窗後，便利商店面向馬路的座位區。進場門票低廉，一顆茶葉蛋八元，一罐健健美十元，夏天有冷氣冬天有滾沸的關東煮鍋氣，二十四小時營業，深夜時段通常不趕人，一整排位子由他獨享。男人看起來堪稱體面，一頭灰白夾雜的頭髮，襯衫西褲底下一雙慢跑鞋。帶點疲憊，帶點風霜，像是被奔波生活稍稍磨損，但還不至於被磨礪得體無完膚，淪為喪家之犬。

視覺方面過關，朝他走近，也無一絲異味。唯一的破綻是男人腳下的兩個塑膠袋，和外頭的一式一樣，都是出自某大賣場堅固好用的購物袋。塑膠袋是流浪者的好夥伴，我在街上觀察浪人，發覺他們大都有蒐集膠袋的癖性，隨手可得，束緊袋口，便是一個可帶上路的微型行李，且永遠不會分解、腐蝕、消亡，不像生命、感情、光陰、人與人之間脆弱的連結，膠袋們將永恆存在。

在便利商店，一整個晚上幹什麼好呢？一直無所事事，遊手好閒的話，可能會被賤斥，會被人嗅出非我族類的浪遊氣味。男人的桌上除了健健美與茶葉蛋，還有一本外文字典，加上一疊資料，男人低頭專心做功課寫筆記，像資料狂或考據癖，一來可避免與人四目相對，二來像圖書館裡的認真考生一樣，只要營造出「正在用功、請勿打擾」的氛圍，便至少可換取兩、三個小時的安寧。有一次，旁邊坐了外國人，男人居然開口跟阿兜仔講英文。

白領、斯文、好學、語言優勢，那麼這個看來五十未滿的中年男人，為什麼，會一直在街上呢？

或者問一句，剩下來不長不短的餘生，每天每天，無止盡的每天，該做些什麼好呢？

早上，圖書館八點開門，占個好位置，每天有書報，以及滿書庫讀不完的書。浪人什麼沒有，時間最多，可花一個月讀托爾斯泰，兩個月讀杜斯妥也夫斯基，也許半年後，以往沒有時間讀的大部頭如舊俄文學，即可通讀一遍。傍晚五點，圖書館關門，可以接著到不怕人坐讀的誠品書店，看紅男綠女也看看新書。洗浴可去市民運動中心，有游泳池、三溫暖，門票只要一百塊，買月票更便宜，目的不是去游泳，而是利用沖洗間好好洗個澡，蒸三溫暖時，便可將剛才順便洗好的衣服烘乾。吃飯可去無門禁的大學食堂，點一樣菜，白飯吃到飽，熱湯甜湯喝到飽，如此一餐可抵三餐。

最後，剩下難挨的漫漫長夜，於是便像趨光性的昆蟲，飛撲到明亮不熄的便利商店，叮咚，與也總是孤身一人的大夜班工讀作伴。

中年男人的一天作息去處，我都為之揣想好了。如果，如果有那麼一日我這個過勞物種只想躺平，不費一絲力氣度過餘生，我已經想好要怎麼消磨剩下的時光。

阿萊沙

深秋午後，作家雷驤與眾人相約圓山站，準備搭客運前往桃園，探望好久不見的少年友人——沙究。

台北天氣陰沉，雷驤襯衫外套了黑色毛衣，黑衣黑褲，肩背布書包，書包裡大概有鉛筆和素描本。他習慣提早到，也不過十幾二十幾分鐘的空檔，已經把附近的街巷巡繞一遍，將立體的實像勾勒以簡約線條，不曉得又有幾幅尋常人家攝入他眼底。

桃園下車後，離沙究住處還有一段距離，本來要叫計程車，忽而轉念，這裡不是台北，計程車不是隨手招就有，目的地復興路三百多號，現在已經一百多號，雷驤提議不如直接走過去。雷驤在前，腳步顯得虛浮，原來是他牙痛了幾週，熟悉信賴的牙醫師赴日旅遊，這期間他只好喝粥度日。還好一到桃園，秋陽露臉，漫步頗愜意，漸次趨近的過程中，對訪友也能有更多的想像，走了半小時，微微出汗，電力公司前，戴著口罩的沙究早在路邊守候。

不知沙究守候多久，如何估算我們抵達的時間?他沒有手機，家裡即使有電話，也等於無用。我們來訪的這天，只有他隻身在家，電話如果響了，怎麼辦?沙究小說中經常出現的卡夫卡式的困境、迷局，一個啞者獨守家中，電話響了，可能是很重要的電話，始終記掛心上，多年無音訊的友人，即將久別重逢，就在電話線那頭。催命符似地響鈴，一聲又一聲尖銳催逼，溝通無效，逼近精神能承受的臨界點前，抄起桌上鑰匙，披衣，出門，乾脆來到路邊張望，等待果陀。

初見沙究，憨厚老實人的樣子，理平頭，個子不高，手腳都大，勞動者的手，骨節粗大，勞動者的腳，穿著土黃色布滿塵土磨痕的鞋。這樣一個不起眼的老者，城鎮裡，道路上，到處都有，你不會知道他的內裡藏著多麼豐饒繁複的宇宙，況且他是才華早露卻總不發表的那個「巴托比」，況且，他不善以言語訴說自己，終有一日，被迫棄守言語的任何可能。

他一見我們就脫下口罩，發出稀微難辨的喉音，幾年前他得了喉癌，其後便無法言語。不管是哪裡的造物者收回聲音，也許於他都無多大差別。如他這般始終往內核，往幽微處，往意識深海去的書寫者，始終是個靜默的存在。除了《浮生》（一九八六）、《黃昏過客》（一九九一），就是長久的發表沉寂。悶久了偶爾才有幾聲響雷，振聲中學的老同事周志文說，「他說話如說得入神，話會變得結巴而且用詞古怪，……詰屈聱牙得厲害。」

沙究領我們穿過小巷，爬上老式公寓五樓，磨石子地，主人用手示意不必脫鞋。家具陳設素簡，幾近水清無魚，藏書僅止幾書櫃，裝飾、小擺設皆無，唯有門口掛了一張畫，不意外，出自雷驤手筆，第一次畫展的作品，孤獨的人形被抽象的氣流環繞，感覺很卡夫卡。桌上備幾個空盤，等我們坐定了，沙究才將餅乾甜點、雜糧麵包、削好的甜柿，一一倒入盤中。他又去弄熱茶，裝在清酒壺裡，一杯一杯斟滿，飲酒的氛圍，入喉卻是淡如水的茶，有種奇異的突梯感。每每忽然想到什麼，沙究便動作迅速地起身張羅，瞬間加速，也瞬間熄火，不是習慣時常在家裡接待客人的身手。

餐桌上，雷驤先回憶第一次見面，五十年前，二十多歲的雷驤，剛剛獨自一人騎單車環島回來，在一位賴姓友人家中，聚集著好奇他這趟經歷的聽眾，沙究便在其中。雷驤臉曬得很黑，途中有驚險，有奇遇，在荒山中有彷彿美杜莎的女子，考驗著青年的心志。青年頭也不回地騎著單車向前疾駛，終於來到下一個人煙村落。

「他講起環島，彷彿奧德賽的故事。」白紙上，鋼珠原子筆，沙究不急不徐行雲流水的字跡，這麼說著。小雷驤兩歲的沙究，當時在朋友中，「羞怯、清純、含蓄，思想深邃，卻不怎麼表現」（雷驤語），大家都喜歡他，叫他阿萊沙，《卡拉馬助夫兄弟們》裡那個最純粹善良的么弟之名，給了沙究。聽了雷驤的壯遊，沙究心嚮往之，他雖悶不吭聲，在日後卻付諸實行，以騎機車的方式，循著雷驤的路線，環島三次。

雷驤在士林國小教書的同學老白經濟不寬裕，卻有養士之風，一票文藝青年賴著吃吃喝喝，都是他買單。當時除了雷驤、沙究，還有雷驤的同學七等生，畫家簡滄溶、賴武雄等人，黃春明也偶爾會來，像是一個更私己隱藏版的明星咖啡屋。當時所謂的文藝青年，通常都能文善畫，詩歌、音樂、電影什麼都摸一點，卻又不僅止於皮毛，聽古典音樂，沙究寫，「雷驤和我常去圖書館借總譜來看。」其中幾個人都在士林國小教書或代課，想拍短片，直接借用國小的鋼琴、錄音機做配樂，短片拍出來，沒有地方放映，還特別去景美的廉價旅館租房間放映。土法煉鋼，卻生猛有勁。有位作曲家朋友把每個人的詩句湊合在一起，譜成歌，用鋼琴彈奏起來，彷彿置身維也納，沙究的那句是：「那松下的僧人跨海去了」，雷驤的那一句，事隔多年，沙究還記得一清二楚，他在白紙上寫下：「歇業的浴場。」

彼時沙究讀師大國文系，常常蹺課出來與大夥廝混，一碗米粉湯，切份豆干，幾瓶米酒，就可以一路清談下去，直到天明。彼時是我們仨，雷驤，沙究，還有七等生，雷驤談起久不往來的友人，記起的是他不羈的模樣，「台北師範校慶時吃得澎湃，七等生興致來了，把菜推開，跳上圓桌跳踢躂舞。」師院畢業後，雷驤分發到三芝教書，七等生在九份，彼此離得不遠，大夥陣地轉移至東北角，到三芝找雷驤吃喝，雷驤買單，回程盤纏用盡，沒錢坐車，東道主雷驤也沒錢，於是就在公路局的賣票窗口賒帳，也不覺得有什麼不妥。日後有人當上台視文化總經理，常邀集諸友，在餐廳大開宴席，「但心情不比從前無憂了」，雷驤意味深長地說，也說由七等生聯絡聚餐事宜，「不知怎麼常常遺漏了我。」

相濡以沫，接著，便是相忘於江湖了。雷驤與七等生曾是師院同班同學，親密友人（沙究可見證），同樣能文善畫，卻終至交惡，至今不相往來。

雷驤寫過七等生，七等生也在作品隱射過雷驤，一樁文學公案，三言兩語怎麼能說得清，唯一能說句公道話的，也只剩下不能言語的沙究了。雷驤說起七等生種種戲劇性的疏遠行為，至今仍然不解，我們從旁推測，「七等生大概太在乎你了」，沙究迫不及待在白紙上落筆四字：「就是這樣。」

他接著寫，「這個改天由我來講（寫）。」

傍晚天黑後，天氣又轉涼起來，我們紛紛將毛衣穿回，只有沙究，不管冷熱他都罩著一件土黃色的夾克，像是他的保護罩。臨走前參觀他的書房，藏書看起來都有年歲，像是年輕時期相隨至今的，都是舊愛，沒有新歡。牆上兩幅畫依然出自雷驤，對老朋友的專一，可見一斑（對另一位老朋友七等生的專一，則顯現在藏書中）。桌上收拾整齊，沒有電腦，只有一台充當筆電的平板孤零零地擺在中央，如同一台極其現代的太空梭，擱淺在荒島的沙灘上。

沙究送我們出門，又送下樓，送出巷子，一路相送到公車站牌，要他早點回去休息，他仍不死心，執拗地要目送我們直到全部坐上車為止。老友雷驤先上車了，剩下我和沙究在站牌下等待。沙究的限制，使得我們不用找話寒暄。一脫離原有場域就十分生疏的兩人，眼睛直直盯著前方，恐怕有所遺漏，其實也不是真的那麼急，非得要班車即刻到來，只是因為陷入了流沙，不知如何定義的縫隙，無以名狀的時刻，不知如何是好。在典型的沙究式困局裡，偶然聚合的陌生人們，始終伸長著脖子，鵠立空等，直到天昏地暗，車一直一直沒有來，如此這般，才是事物的常態。

註：採訪側寫稿於二〇一五年《印刻文學生活誌》刊登，作家沙究於二〇一七年辭世，享年七十六歲；七等生於二〇二〇年辭世，享年八十歲。

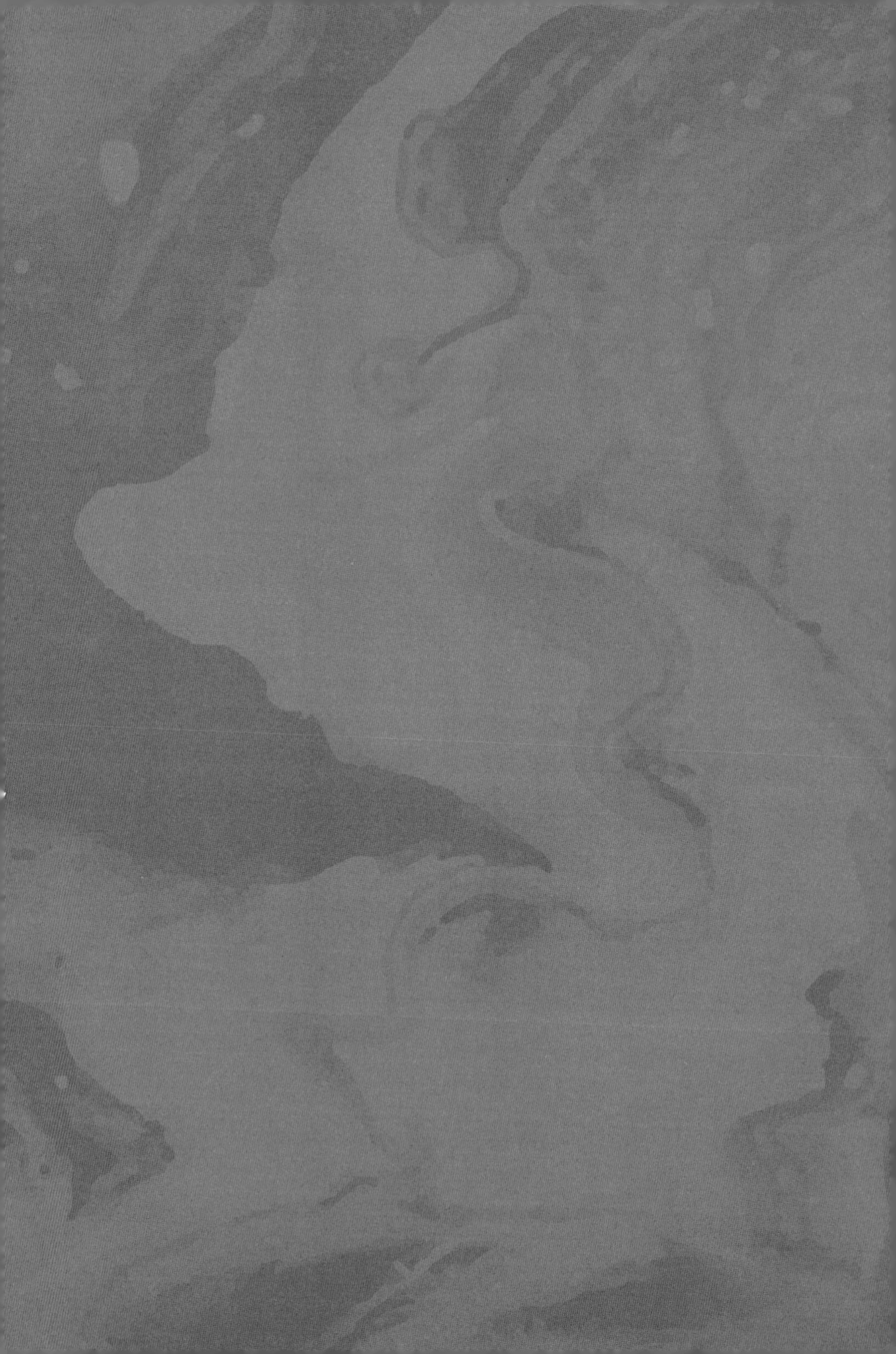

輯三

顛簸

家族旅行

據母親說，我未滿周歲就被抱著出國，搭飛機不吵不哭不嚷不鬧，對於此種懸在半空中，不著地不顛簸的移動方式，沒有異議地全盤接受。

奈波爾《抵達之謎》寫他第一次搭飛機的感受，從殖民地千里達到大不列顛帝國，漫長的飛行中怕肚子餓，他不曉得飛機上有供餐，鄉氣地帶了一串熱帶香蕉，在密閉的機艙裡很快就爛熟，還未真正抵達，在飛機上已經是劉姥姥進大觀園的情境。關於飛行，我早不記得最初始的銘刻印象，也失落了該有的興奮與新鮮感。未知人事的童蒙時期，我嬰孩的身體早於意識，先習慣了不能腳踏實地的漂浮感。

在出國不易的七、八〇年代，父親年年都要領著全家出國，倒不是家境富裕，而是父親是航空公司員工，每年有免費機票可用。父親性急，總事先打包好行李，結業式當天就來學校把人劫走，我和姊姊在機場廁所脫掉制服，紮好辮子，換上最體面的衣服，暑假在東南亞兩個月的浪遊，正式開始。

首先是父親在航空公司櫃台的交涉，櫃台都是他的同事，平時在我們面前異常嚴厲的父親，瞬間變成一副維維諾諾的卑屈模樣。父親穿得就像他每天出去上班的樣子，白襯衫西裝褲，但這一天我忽然發現他臉紅脖粗、矮人一截（是身高上，也是氣勢上），和他那些高大體面的男同事十分不相襯。父親手上拿著申請來的免費機票，高大同事搖搖頭，再搖搖頭，我們列隊罰站，直在最後一刻才勉強擠出空位，但父親沒有任何不悅，他的笑容裡有一種討好與諂媚。當他一回頭，整張臉垮了下來，刻薄少恩的法令紋浮現，展示於我們的總是月球暗面，諭示了整趟旅途的坑坑疤疤、窮途末路。

我們總是飛往東南亞，由父親領隊自助苦行。出了機場，出了機艙，就是漫無止盡烈日灼身的開始。父親愛住廉價旅店，愛拖著行李走路，機場是唯一現代化的庇蔭地。儘管彼時的機場和現在差距不大，都像是國內線機場的規模，外觀不氣派，動線不順暢，暑假裡人一多就鬧哄哄的像菜市場。彼時出國不易，旅人無一例外穿上最好的衣服，但這體面又亢奮的一大群人，卻因為在機場裡被磕磕絆絆住，麻利不起來，而有種逃難的神色。

彼時還是那種硬殼行李箱，沒有可供拖行的拉桿，就是要人笨笨重重，老老實實去提。彼時機場沒有X光機，過海關時行李統統打開來檢查、翻攪，泛黃破洞的內衣褲一目了然，金玉其外，敗絮其中，光鮮的內核原來是錙銖必較的鏗吝家常。彼時父母常到香港跑單幫，都會去買一種白鳳丸，再買幾盒糖果，糖果統統讓小孩吃完，剝下糖果紙，將白鳳丸一顆一顆包好，偷天換日過關。彼時逃生方法由空姐親自示範，彼時飛機餐用瓷盤盛好，餐具是不鏽鋼刀叉，有份量得多。

彼時我們一家四口，每年暑假總是換上最好的衣服，在赤道曝曬兩個月，風塵僕僕回來以後，衣服無不褪色，面容無不灰敗。我們搭上噴射機離去，上不接天，下不著地，任誰也不能一時負氣，機艙門一開跳了就走。我們都是人質，被綁架在這半空中，年復一年地拔根、飄盪，移動的方式，也寫定了家族的宿命。

大路

我和T租了一輛車，從德里出發，前往印度北邊山區的達蘭薩拉。早上八點出發，預計是場漫長的旅程，補給完礦泉水和巧克力，長路迢迢，無以消閑。我們的司機是個靦腆的西藏青年，一路上甚少言語，他的耳上穿著銀環，手機裡是妻兒的照片，後視鏡上繫著藏人的祈福絲帶。印度國土廣大，一趟十幾個小時的車程算是稀鬆平常。他的生活總是在路上，偶爾滑手機看看照片，在漫無止盡的大路上。

車子很快就開上要收費的高速公路，卻一點也不順暢，騎腳踏車的上來了，踩三輪車的也上來了，牛走上來了，還有個牧羊人趕著一群白羊來。牧羊人是個包著錫克頭巾的乾瘦男人，他的羊和他一樣瘦骨嶙峋，滿地塵土，光禿禿的地上其實沒有多少青草，羊群盲目地嚼著，從路旁一堆烏黑的垃圾中，拉出一個塑膠袋，嚼得有滋有味。牧羊人拿棍朝羊鞭打，想把羊驅離，還有幾頭仍不死心，繼續翻垃圾，牧羊人又猛抽了幾下，羊抬起頭來，朝我這裡望了一眼，眼神空洞麻木，像是抽乾了靈魂，感覺不到一點痛覺。

車流時有阻塞，還好窗外並不單調無聊，流動著生猛的寶萊塢公路電影，有牛有羊有兩輪有三輪有四輪。沿路有許多看起來很陽春的收費站，幾乎只是在路邊搭一個鐵皮屋，裡頭坐著肥敦敦的公務員，懶洋洋地等人上門進貢。沿途民家矮牆上，貼滿了曬乾的圓形牛糞餅，偶爾混有未消化的草籽，從糞餅間抽拔出絲絲青苗，是漫地塵沙裡少有的綠意。

大部分時間我懨懨地時睡時醒，醒的時候就和隔壁車輛的印度人大眼瞪小眼。看到許多大卡車，並不載貨，而是將後頭清空，擺幾張矮凳，再綁上幾根布條。印度男女尊卑嚴明，大多是身強力壯的男人據著矮凳，披著沙麗的婦女抱著孩子坐在地上，還有人連坐的地方都沒有，被擠到外圍，幾乎快懸在半空中，只好死命拉住布條，就怕掉下去。

唯一平等對待他們的，是無所遮蔽的烈日，曬著，烤著，十幾二十個小時，在黃沙漫漫的路上。

忽然砰一聲，撞擊到一個物體，飛出去，跌地連聲慘叫。司機奪門而出，人群聚湧而上，只有我和T還待在冷氣車裡，彷彿外面的世界與我們無關。後車廂打開，抬進一個渾身是血，哀嚎不止的印度人。有個朋友陪著他，捂住傷口的只是一條污黑的破布，我打開包包抽出幾張絲滑軟白的面紙，遞給他，印度人還是繼續以破布捂住傷口，我只好拿面紙擦沾在行李箱上的血跡。塵土味、汗水味交織著鮮血的腥甜味，沿途我非乾淨的廁所不上，我所害怕的「印度」，終於破窗而入。

旅途岔了開來，我們將傷患送到醫院，傷者的親朋好友，左鄰右舍聞訊趕來，我們的車被團團圍住。警察也來了，交涉過後，藏人司機和車被扣住，在前不著村後不著店的大路上，我和T狼狽地提著行李，要靠自己想方設法，歡迎光臨真實的印度。趕路之前，我先去醫院借廁所，簡陋的偏鄉醫院裡沒有一盞燈，走廊黑黝黝地，地上時有積水，看病的人也黑黝黝地，群聚在角落像黑煤炭。我像是走入暗無天日的礦坑，只能仰賴盡頭處稀薄的光源，而此行真正的盡頭，其實還非常非常遙遠。

山之音

從德里往達蘭薩拉，早上八點出門，到了晚上八點，我們還在前不著村後不著店的半路上。中途發生車禍，原本的藏人司機被警察扣留，換了另一輛吉普車，司機是個不會說英語的印度人，一路上沉默著，載著我們遠離大路，往深山去。此後是蜿蜒百轉、綿延無盡的山路，溝通無效，前途未卜，命運不明。

天完全黑了，一路上無炊煙人家，車頭燈探照出去，只見空地上一簇簇群集的猿猴，在山裡據地為王。一隻大猴王袒露著肚皮霸住路中央，神態倨傲，車來也不躲。客隨主便，印度司機把車慢下來，側一側，小心閃過。行前聽聞太多印度騙術，那一刻我忽然放心，可以仰賴陌生人的善意。

抵達時已是深夜，渾身顛出一身乳酸，倒頭就睡，也沒想想印度司機是怎麼孤身折返，再走一遍回程的鬼魅山路。

隔天起來，推開窗戶，民宿掛在山腰上，抬眼望去便是喜馬拉雅山系的外緣，上有終年不退的雪線。聽當地人說，晚上常有雪豹下山來覓食，走夜路要小心，樹林間，暗地裡眨著幾雙晶亮的眸子，不過不攻擊人，只吃小狗。

達蘭薩拉地方不大，主要的街道只有兩條，沿街都是流亡到印度的藏人賣披肩、手工藝品的簡陋攤販。路窄坡陡，人車、牛羊爭道，藏人只能在懸崖峭壁間架幾根竹竿，凌空撐起小攤。懼高的人看了就腿軟，藏人倒是甘之如飴，日曬雨淋下，一家人默默埋頭織著顏色鮮麗的毛衣，顧好冷攤。

逃亡過來時大多人都一無所有，只能從收入微薄的小生意開始做起。窮歸窮，卻仍有與自然和諧共處的好生之德，空地上常見藏人灑了麵包，盤旋在空中的蒼鷹即俯衝而下啄食。窮歸窮，在達蘭薩拉的野狗每一隻都養得毛色光滑、精壯結實。在陽光普照的日子裡，隻隻攤開曬暖肚皮，野狗生病時，藏人還會帶牠們去看醫生，為數眾多的狗群，沒有一隻餓著病著，只在夜裡雪豹會叼了小狗去。

山上常下雨，下過雨後便滿地泥濘，路旁有賣菜蔬瓜果的，只用張簡單的帆布就地鋪在地上展示。只要一有車輛經過，揚起的泥水就往蔬果處濺得星星點點，穿著傳統藏服來買的婆婆媽媽們，不以為意，仍蹲下挑挑揀揀。菜蔬瓜果本從土裡來，沾了泥水，回去洗洗就好，沒什麼好大驚小怪。山上地勢陡峭，常以騾馬負重載物，一隊駝著磚頭的騾子路過，頭一偏，隨口就往菜攤啣住一把青菜，邊走邊嚼。頭一隻打先鋒，後面幾隻有樣學樣，吃去好幾把青菜，菜攤空了一半。騾子的主人頻道歉，菜攤的主人只是笑著擺擺手，不要絲毫賠償。

不爭，不吵，不鬧亦不嚷，山中無日月，原來是這麼一回事。只有夜裡，聽到狗群激烈地狂吠，在幽靜的荒山中，顯得特別驚心動魄。沉寂一陣後，又傳來幼犬的嗷嗷哀鳴，終究是讓雪豹得逞了，聽了令人心揪。夢境越來越深，哀號聲也越來越遠，像一陣煙越來越輕，越來越淡，遁隱入遠山中。到了明日，太陽照樣升起。

中途

旅行到了中途，鞏固起來的秩序紛紛瓦解，開始出現丟三落四、凌亂潦草的跡象。

在慕尼黑丟過一台相機，在德里丟過一雙鞋，在倫敦丟過一個鉛筆盒（帶這東西出國做什麼？）在南半球的尼爾森丟過一副眼鏡。帽子、圍巾、雨傘、水壺更是丟不勝丟，像是多餘的痂殼一片片剝落，丟了就丟了，也不太費心去找。出國前詳列清單收拾細軟，緊緊攢在手上的，到底都是身外物。丟光了，表示通體浸潤於新世界，妥貼也自在了。

旅途的第一天，以狼狽始，像隻糞金龜把所有家當背在身上，優雅不起來。甫進城的鄉巴佬，服膺一種所謂的旅行裝束：狗鐵絲防風外套，POLO衫帆船鞋，防扒手的霹靂腰包，推至額頭的太陽眼鏡，時尚雜誌上常看到地中海風情的竹編藤籃，脖子上掛一套 Canon 或 Nikon 的專業相機，為了拍夜景連腳架都帶上，隨時供照片上傳的哀鳳哀珮也相伴。儘管你可能是從已開發國家降格到發展中國家旅遊，從大都會帶來的文明習氣，其實是一種觀光客誇富豪式的鄉氣。週間旅遊帶六雙鞋子五件褲子四件外套三顆長、中、廣角鏡頭，分期付款來的寶貝終於可在他鄉派上獵奇誌異的用途，而你以為的時髦其實正是一種「觀光俗」，德里小孩一路緊追著問你是不是日本人，反客為主成為他人獵奇的標靶。

初來乍到時世界太新，免不了亢奮地紛紛伸手去指，到了中途，漸次習慣那磚房石板路雙層巴士紅色電話亭，千篇一律的古堡大教堂博物館，三五天後視覺疲倦，世界不再新奇，終於也該弄舊自己。同樣的衣服穿三天也無人知曉，灰撲撲地剛好溶入倫敦陰霾的背景。長髮不紮好，波希米亞地散了一肩，漫不經心正是在地化的首步。指甲長了但誰出國會記得帶指甲刀，任其長出會刮地的爪子，無法再像貓一樣躡起腳爪走路，還好幾日下來腳底爬滿層累厚繭，像貓的肉墊，又可繼續走跳數日，無傷無礙。

旅行到了中途，出國前特地燙洗的衣服終於穿得鬆皺軟熟，領口不刮人，鞋跟不咬腳，帶來從頭洗到腳的大塊肥皂日漸消瘦，行李因丟三落四而越顯輕盈。迷路摸索幾回後，蜘蛛巢城的地鐵路線瞭然於心，腦中內鍵的GPS已臻定位，知道方圓百里內有哪家雜貨店可以補充乾糧和飲水，旅途最怕狼狽，突如其來的月事可立馬補給衛生棉。也知道街角印度人的炸雞店，土耳其人的烤肉串店開到幾點，那是人在異地的深夜食堂。而其實，過了晚上八點你根本不吃高熱量的垃圾食物，但見它們張燈結綵開著便高興，像望見自家巷口爐火不熄的深夜麵攤，再晚都等著你回來。

收起地圖和Guidebook，讓衣服沾點灰，鞋子沾點泥，從不費心打扮，掛著書呆眼鏡就出門。邋遢的同時，身段也就柔軟下來，像個不事生產的無賴，搭著地鐵見著合意的站名便下車，更多的時候是恍恍惚惚地睡著了，像是在每天通勤的城市裡，毫無防備安心地打個小盹。再醒來時，對面的乘客一黑一白，一個是全身罩著黑袍，只露出眼睛的伊斯蘭婦女，一個是一頭刺蝟白髮，拿著《衛報》在看的老年女龐克，倫敦夏令時間，晚上十點才正要天黑，這列車，中途不靠站，彷彿可以一直開下去。

車陣中

前幾個月在德里，尚未入夏，正午的氣溫已經逼近四十度。包一台車，走馬看花逛了幾個觀光景點，博物館、紀念碑、陵墓、清真寺……炎熱的天氣讓人無心冶遊，我擦了厚厚的防曬霜，躲在陰涼處躲在陽傘底下，最後躲進車子裡，司機開足冷氣，冷風一吹，昏沉的腦袋才有一絲清醒。

司機要載我們去吃午飯，無奈卡在動彈不得的車陣中，馬路彷彿成了一座大型停車場，唯有三輪車伕穿梭在車縫間，在大巴士與小客車的催逼之間，左閃右躲，竟也拓出一條生路，瘦小的車伕拉著胖大的婦人，很快就絕塵而去，沒了蹤影。壅塞停滯的馬路，充斥著車輛排放的黑煙、土路揚起的塵沙，外頭是燒灼的太陽與惡劣的空氣，我隔著一層玻璃，安全地躲在防護罩裡，好整以暇地看著外頭的街景。

動彈不得的車陣也催生一種營生。女人和女孩們在車陣中賣花，賣覆滿塵沙的礦泉水。少見男人在沿街叫賣，男人們也在街上，三五成群在空地聚著聊天，在樹下納涼，橫躺下來睡午覺的也不少。偶爾有男人會穿梭在車陣中討生活，有個斷了手臂的男人在賣汽車遮陽板，他用那隻殘餘的手臂，夾住十幾片遮陽板，用另一隻健全的手，敲敲我們的車窗，老練的司機冷漠地直視前方，並不開窗。我看見斷臂男人臉上豆大的汗珠，像斷了線的珍珠接續滾落，但他云不出任何一隻手來擦汗。

有個帶孩子的婦女賣康乃馨，女人身上綁著一條縛住孩子的白色背巾，已然污黑。大約兩、三歲的孩子動也不動，懨懨地昏睡著，在烏煙瘴氣的馬路中央，不知是男孩還是女孩的頭臉，用另一條污黑的臉巾覆住。女人形銷骨立地瘦，帶著孩子在街上討生活，相當吃力，但她總不肯將孩子放下。在不遠處也有另一個帶著孩子的賣花女人，往光明面想，母與子須臾不分離，往黑暗面想，當地朋友提到一個都市傳奇的版本：她們手上抱著的孩子總不會長大，永遠停留在兩、三歲，永遠是昏睡中的狀態，因為不是自己的孩子，就能狠心餵食安眠藥，讓用來展示的孩子不吵不鬧，以陌生人的憐憫換取微薄的金錢。

不帶孩子的，則是十二、三歲的女孩們，應該在學校裡讀書的年紀，卻失學在街上賣花。有個長相清麗的女孩，眉間點紅心，鼻翼穿銀環，手上捧著一束束用塑膠透明紙包起，含苞待放的玫瑰，女孩的花樣年華也如那紅的粉的玫瑰，卻是蒙了塵的，就如她十指上剝落得嚴重的指甲油，鮮豔的色彩一旦斑駁掉漆，便如鮮花萎落泥地，是加倍的狼狽。

車子轉進德里舊區，除了有印度版的駱駝祥子拉著三輪車，也見到有人駕著馬車運送貨物，彷彿回到中世紀。在建築工地，有騾子認命地駝著石塊，一匹接一匹，騾子的後面跟著一群乾癟瘦小的黑女人，走起路來顫巍巍地，她們隻手扶著頭，頭上頂著半天高的磚塊，種性低微的她們的命運，和騾馬同命。

騾馬尚可當工具使喚，在路邊有一個衣不蔽體的女乞丐，骨瘦如柴，露出枯竭的乳房，下半身只用一條破布簡單蓋著。她在路邊赤身裸體地乞討，但她還懂得羞恥，像是為著自己無比卑微的處境，激動地哭了起來。陽光依然炙熱，路上依然漫著塵沙，在鬧街裡無數人從她身邊走過，滾動的人龍不斷往前，無法稍作停駐，太陽底下沒有新鮮事，只剩下無動於衷。前方狀況排解，車流難得順暢，她的身影迅速滑過窗際，被甩在後面，回頭也看不見了。

等待果陀

進入市集前，一身精良相機裝備的T，囑咐我跟緊他。T是我的同事，我們在新德里做旅遊題目，儘管這陣子印度仍時不時傳出強暴婦女事件。鷹在天空盤旋，那是絕好的俯瞰角度，看著如蛛巢小徑的巷弄不斷歧出岔開，分支出去的每個轉角都彷彿埋伏著光怪陸離的都市傳說，隨時會拉開一道暗門，伸出一雙鹹豬手，在幽黯處招呼異教女子。

什麼都沒有發生。印度人深褐膚色，顯得眼白格外白森森，特別精光外露、緊迫盯人。抬起頭來，以篤定不移的眼神回敬，投向你的眼神便岔開，往路邊市井攤商去：亮黃色的甜瓜切開，蚊蠅嗡嗡縈繞，想必是真甜。賣桔子水檸檬水的攤車也不少，透明玻璃杯盛著，再舀上幾匙碎冰，在近四十度的高溫下，獨獨我們不敢來一杯，觀光客的脆弱脾胃只適合礦泉水。

人多街市窄，車開不進來。勞動的人頭上多纏塊頭巾，各種花色都有，休息時做裝飾，勞動時當墊布，將所有東西頂上頭運輸。賣水果的小販頭上頂著一盤橘子，加上鐵秤，還有十來串熟透長滿痲斑的香蕉，穩穩地穿街走巷，擠出人群，尋一小塊空地，卸下貨、一番挪騰後，盤腿坐下，開始一天營生。他的左邊是賣香料的母女檔，右邊坐著一個雞胸侏儒，花襯衫底下穿著短褲，露出兩隻向內翻的畸形腳掌，展示天譴以換取些微溫飽。

落腳於此的乞者不少，每一家餐廳前，都有一群蹲在店前等著領餅的人，人多時可以排成好幾排，但不爭不搶，井然有序。等著領餅的人膚色更深，頭髮長了不及修剪，滿面風霜，臉相有一種長期流浪在外的剽悍。

市集裡常見將巴基斯坦錢幣兌換成印度盧比的鋪子，我忽然懂了，這些人從北方來，從山區來，從阿富汗、巴基斯坦來，趿著拖鞋，腳掌覆滿塵土，指縫間結成疙瘩土塊，經年累月的長途跋涉後，暫時棲止於此。四十度高溫，身上猶然穿著不合時宜的長袖衣服，罩著夾克，脖子上綁著毛衣，盡量將所有家當穿上身。有的空手，有的帶了包袱，包袱單薄如一片乾癟豆干，空虛一如主人肚腹，榨不出油水。

領餅人蹲著，而非坐在塵土地上。蹲著是等待果陀的態勢，坐著是屋裡好整以暇吃咖哩的食客，大多是剛剛在清真寺祈禱完的男人，頭戴回教小帽，一身清爽寬鬆的白衣長褲，脫鞋盤腿坐著，面前一個大銀盤，裡頭是各味辛香咖哩，生活有餘裕的胖大男人，腆著肚子慢條斯理地撕餅，慢條斯理地撕成一小塊一小塊沾咖哩醬吃。

產餅的速度極快，擀好的餅在廚師手上甩動如飛盤，稍稍往炙燙的鐵盤上一烙，才一下子就堆疊如小山。外頭等著的人空望著一落落烙餅，要等到過了吃飯時間，等到吃剩的，放涼的，徹底冷卻的，店員才會拿著一疊涼掉的餅出來，從前排開始一人發一個，雖然是冷掉的白餅，無醬可沾，吃在嘴裡還是香的。蹲踞的男人們抓著餅，那餅在深褐色的手裡感覺特別白，男人的臉黯淡著，手中捧著的餅像月盤，會發光似地，一點微光暫時照亮了前程。

餅總共發了兩排就發完了。前排的人吃完餅，也不痴纏留戀，拍拍屁股走了，把位置騰出來給其他老鄉，後兩排還沒吃到餅，繼續蹲著，也許要等到晚餐時候，月亮都出來了。

廊橋遺夢

有年夏天，一個人在浙南。沿途上遇到都是熟悉的地名：麗水、龍泉、青田、雲和、泰順，分布於浙南山重水複的丘陵地間。

同樣的地名降生台北南區，在師大周邊的精華地帶，不過三十分鐘的腳程就可以走完一圈。在普遍富庶的浙江，這些地名卻不如它們在對岸的境遇，是相對貧窮的區域。我從麗水出發，往泰順去，一路都是迂迴曲折的山路，之間偶有畸零平地，便見民居聚集，屋子挨擠在山凹處，往上闢出一畦畦青綠梯田，幾頭腳力遒勁的水牛攀得老高，低頭閒慢吃草。從麗水往泰順的長途車一天只有一班，途中經過的雲和、青田，彷彿遺世獨立的小村，住在漏斗狀山谷底部的人家，可能一輩子鮮少離開谷底，開門見山色，把酒話桑麻，世界始終長在頭頂上，辛苦犁的田，天邊游移過的白雲。

溪流切割出縱谷，因此也多橋。我來浙江、福建交界的泰順看廊橋，八字形拱起的廊橋，上覆以屋頂，內有長廊，設有長長的坐凳。在偏遠的山區，彼時貨物運輸全靠挑夫以人力一籮籮背負，因此廊橋不只是涉渡的便橋，更為翻山越嶺，千里跋涉的駝貨人提供遮風避雨的場所。橋裡擺著讓人解渴的茶水，像台灣早期鄉間路亭設置「奉茶」一樣。有些廊橋頭尾還有店鋪，賣些簡單吃食，風雨故人來，吃飽好上路。泰順境內千米以上的山峰百餘座，大小溪流百餘條，加了屋頂的廊橋，像是個可供暫時打尖的旅店，恆常忠實地蹲在山裡。橋內還設有神龕，定魂鎮邪，保庇出行平安。

在泰順，我每日坐上小巴，和當地農民一起擠車，在群山間尋找錯落各方的橋。有一天去泗溪，剛好碰上週日才有的市集，一路上招手便停，都要趕集去，有的綁了幾隻雞，就裝在塑膠袋裡，袋口打了結，露出幾隻不停竄動相啄的雞頭。有的先招手，叫賣票的大嬸等一等，來回搬了好幾趟，大嬸也下車幫忙，抬了好幾籮瓜果蔬菜上來。有的拎著一大串耙子剪刀之類的農具，不斷挪騰、塞擠，人和牲畜、作物、農具全部渥在一塊，是我生平坐過最擁擠的車，臉貼臉，眉頭對鼻尖，全然浸潤著鄉氣，日曬後的泥土味。

此地時間感落後城市許多，有種鄉村生活的悠緩綿長。當地人多沒有私家車，農物、飼料，甚至牲畜的運送，完全仰賴穿行於山路的小巴，於是多了等著搬貨上車的時間，無論耽擱多久，都不會有人嚷嚷不耐煩。在車上，把手上掛著一包塑膠袋，我一直不曉得是做何用途，直到有次在一段連續彎拐的山路之後，看見有人摘了一個來嘔，嘔完擦擦嘴角，又像個沒事人。

此地日照足，雨水少，夏天男人多將上衣下襬如捲毛巾般地捲起，露出一截肚子，而不直接打赤膊，民風含蓄淳樸。我在飯館看到一桌四個工人樣的當地人，四人都將上衣捲起，都點最便宜的炒米乾，都寡言，兀自埋頭嚼著米乾。吃完就上路，到對街等進城的班車，耕田翻不了身，只好打零工。米乾相當於台灣的米粉，在浙南尋常人家庭前的空地上，常見曬米乾，長長幾束高掛著，風乾後，在陽光下透著光澤，隨風款擺，像幾匹忘了收進來的銀絲綢緞，是深山古橋、窮鄉僻壤間，唯一閃亮的物事。

塵世

在中國內陸的二線城市，到處是拆了一半的樓房，挖了一邊的馬路。地無三里平，樓塌樓起，摩天高樓的陰影下，暫時棲居著破爛小民房。黑乎乎的民房裡賣熱乾麵或酸辣粉，環境不潔，上門的人卻不少，往碗裡猛倒辣油，吃得唏哩呼嚕，滿嘴紅油，抹抹嘴，駝著背繼續推煤車，或者弓起身蹬三輪車載客。大型機具終日開挖，吵嚷不休。塵埃滿天，灰撲霧濛，塵歸塵，土歸土，落下時無聲無息。

在街上討生活的人，日日吞吐粉塵，無怨無艾。戴著黑墨鏡的盲眼老頭，拉著一手好胡琴，滄桑動人。在他旁邊，有一老婦牽著，從街頭走到街尾，再從街尾走到街頭，明眼老伴領著琴師，緩慢地往復折返，命若琴弦，邊走邊唱。

一個結實精壯的男人，肩挑一根竹片，兩頭皆繫著沉甸甸的十來個籠子。前頭是籠中鳥，聒噪的八哥、鸚鵡，也有黃絨小雞；後頭是乖順安靜的籠中兔。一肩挑起流動的寵物攤。男人走得又急又快，沒一會，就連人帶雞兔，消失於煙塵中。

大馬路邊，很多代人手機包膜的，簡陋擺了一個小攤，不知為何大多搭配著賣襪。襪子和手機，像超現實主義的雨傘和裁縫機在解剖檯上相遇，無邏輯可言，也許等待包膜貼水鑽的同時，客人會起心動念挑一兩雙襪子。一心二用的還有賣皮包的婦女，除了前頭的攤，在大後方擺上一個小凳，站累就歇腿打毛線。和台灣攤販眼觀八方，躲警察的機靈不同，有種百無聊賴，殺時間的餘裕。

拐進後街，一賣水果的小販，頗有巧思，在木板上穿了一個個小洞，將水果切成一片片，像串糖葫蘆似地以竹籤串好，插在洞裡，高高低低錯落陳列。紅的西瓜，黃的菠蘿，青的蜜瓜，白的削好皮的荸薺，五顏六色好似裝置藝術。

也有挑著扁擔賣蓮蓬的小販，一朵一朵清晨從池塘割來的綠色蓮蓬，買來後，還需從蓮蓬裡挑出一顆顆蓮子來吃，勞神費事。一群大媽聚集在保姆、幫傭介紹所前，在門前擺起涼椅，東家長西家短，每人手上都是一大把帶莖的蓮蓬，像捧著一束花，沒一會兒，熟練地剝下蓮子，剩下的蓮蓬殼如殘花敗柳，萎落一地。夏天蓮子清心退火，婆媽們一邊像嗑瓜子似地嗑蓮子，一邊瞎聊天，一邊守株待兔，等著工作機會上門。

老人家從家裡拿張椅子出來，三五個人就在樹蔭下搖扇聊天。亦有看到媳婦模樣的，幫著婆婆紡紗織線。過一會兒，補鍋子的來了，婆婆叫兒子拿了一個舊鍋出來，在破洞處加上片新鐵，再以鐵槌敲敲打打一陣，鍋子又完好如新。盤根錯節的大樹，張牙舞爪的枝枒撐滿弄堂。擾民的樹枝沒有絲毫被修剪，伸進人家的，剛好借力使力，拿來晾曬衣服被單，披掛得紅紅綠綠滿樹熱鬧喜氣。

我離開前，遇見一賣糖雕的老伯，腳邊有一紅泥小火爐，上頭的小鐵鍋裡煮著滾燙的糖水，糖水越滾越黏稠，撈起一匙放在大理石板上，便可開始以刀筆雕刻成形。有大一點的龍鳳、麒麟白虎等祥瑞神獸，也有蜻蜓、蝴蝶等小昆蟲，小大不由人，而是要像賭博似地轉輪盤。

生意差的時候，也可以作弊。我轉了兩次，第一次轉到蝴蝶，第二次轉到蜻蜓，總轉不到滿意的，他問我要什麼，不用轉，直接做給我，他幫我做了一隻鳳凰。我趕搭車，怕手黏，嫌麻煩，臨上車前，把他精工雕好，宛如藝術品的鳳凰，整個丟掉。金色神鳥半天折翅，蒙塵黯淡，很快就殞落了。

漂流

陽春的竹筏上，簡單擺放幾排矮凳，沒有救生衣與防護措施，我和其他遊客，一起上了竹筏。這玩意叫做「漂流」，從上游漂到下游，看山看水看即將隨著開發被破壞殆盡的風景。竹筏上有個撐篙的船夫，赤裸著上身，拿著一條長竹竿，弓著身子，用力往前撐，讓竹筏往前移動。

在中國，各地都開始發展觀光，不怎麼壯麗的兩岸，河水只是河水，弄個漂流的名目，成了差強人意的觀光景點。麵包車載人來上游，順流而下，全程約一個多小時。除了我以外，還有兩家人，一對年輕夫妻帶著孩子，城裡人打扮，時髦的妻子戴上太陽眼鏡，遮去半張臉，有種冷豔氣質。七、八歲的獨子很嬌寵，像無尾熊一樣攀在高大的父親身上，一路要人抱，腳不沾地。「夏日炎炎，鬼迷心竅地才來漂流」，妻子突然從齒縫間迸出這句話，眼睛躲在茶色鏡片後面，看不出心思。先生表情慍怒著，無語。沒多久，不耐日曬的小兒子鬧騰起來。母親的ＬＶ包像小叮噹的百寶袋，巧克力，不要，餅乾，不要，可樂，不要，洋芋片，不要，獨生子嘟著嘴，頭搖得像波浪鼓。「都你把他慣壞的」，先生也從齒縫間迸出這一句。最後，母親拿出了一顆橘子，剝皮，一瓣一瓣伺候給小皇帝吃，這才安靜下來。踩著三吋高跟鞋，一身名牌的母親，隨手將果皮垃圾，往河裡拋。河裡星星點點，載浮載沉的垃圾，也跟著一起漂流，往下游去。

另一組家庭，胖大叔胖大嬸胖女兒，都胖敦敦也笑呵呵，一家三口集中在竹筏的左側，便起了錯覺，那河面已微微傾斜。胖一家的穿著較鄉氣些，舉止也粗枝大葉，無所謂些。漂流前，有攤販來兜售鞋套，糾纏不休，胖大嬸回嗆，「天熱就是想來泡腳，穿什麼鞋套。」賣水槍的來了，賣短褲的來了，都被大嬸一一擋回去。大叔說，我想買條短褲游泳呢，大嬸反唇相譏，你神經病呀，相互鬥嘴起來，甜絲絲地，沒有不睦。

漂流到中途，竹筏在一淺灘稍停。灘上有幾個婦人頂著烈日賣東西，賣黑乎乎的烤魚，任誰看了都沒興趣，還有浸在水桶裡的飲料、西瓜。時髦夫妻繞了一圈，皺著眉頭，什麼都沒買。只有胖大叔抱著一顆大西瓜回來，胖大嬸趕忙數落他，浪費這個錢幹嘛，西瓜家裡沒有嗎？胖大叔捧著西瓜，往地上摔，碎成幾塊，汁水淋漓，遞了一塊給我，也遞了幾塊給時髦夫妻，但他們怕髒，說不要。竹筏盪開，淺灘上的婦人們不再拉客吵嚷，各就各位，繼續認命地守候，將河裡釣來的魚串上竹籤，在炭爐上烤著。她們形容枯槁如離水的魚，烤魚的同時，也被頭頂上的太陽炙烤，日復一日，在一無遮蔽的河中淺灘。

似乎感覺年輕夫妻在冷戰，胖大叔大嬸鬥嘴一陣，也安靜下來了。竹筏如一塊飄浮的幽靈島，前不著村，後不著店，短時間，被圈禁於此的人哪裡也去不了。小男孩又鬧起來，這一次，年輕夫妻誰也不去哄了。漂亮的妻子開始幽幽地嗑起葵瓜子，她的技術很好，不必用手，只需把瓜子在舌間轉一圈，便殼仁分離。吞下瓜子仁，將瓜子殼呸呸呸地吐往江面，短兵相接如急促的炮火，妻子越憤慨，就將瓜子殼吐得越遠。時間如漫漶無邊的河水，一時，還看不到岸。

洞里薩河

在金邊待了幾天，每天都往河邊去。傍晚的狼狗時光，涼風徐徐，常見一家人共乘一台摩托車，跟附近的小販買點煮花生，烤田螺，到河邊乘涼，和河岸高級景觀餐廳共享不用錢的風景。

我通常從下午待到天黑，戲棚下站久，風景自然浮現出來。我注意的是河邊總有小舟停泊，小舟上圈起半圓形的船蓬，近傍晚就有主婦模樣的女人洗洗切切，幾個曬得黑透的孩子裸身以河水沖洗，接著，昏黃的燈泡點了起來。

天再更暗一點，原本在岸上賣煮花生的，炭火烤魷魚的，撿寶特瓶的，拄著枴杖跛腳乞討的，紛紛回到船上。回船上第一件事情是上廁所，小女孩蹲在船緣，撩起裙子，船身搖搖晃晃，她沒捉住任何東西，重心卻無絲毫不穩，在船上長大的孩子才能這樣吧，一切顯得自然而然，還諸流水與天地。

今天是我在金邊的最後一個傍晚，我跟著拄杖老人穿過草叢，來到他們的船邊，把我剩餘的柬幣給了他們。

遠遠觀望他們好幾天，第一次走到平視的角度，頷首，微笑。船兩艘，家兩戶，彼此有親戚關係。船上的女人說她曾去馬來西亞幫傭，會說一點英文和中文，遂和她聊起來。

她的這艘船，還有跛腳老人，以及比她年輕，未出嫁的妹妹。我原本以為跛腳老人是她的父親或祖父，結果是她的丈夫。問她有小孩嗎?她摸摸肚皮，在肚子裡，正懷著呢。

另一艘船是一家四口，年輕夫妻帶著兩個孩子，妻子是女人的姊姊，孩子還在吃奶的年紀，妻子也不避忌，在我面前直接餵奶，我一望向她，她臉上就堆著笑。

兩條船挨在一起，須臾不離，彼此好照應。女人說，附近的船上人家多是穆斯林，她們家族也是。穆斯林在信奉佛教的柬埔寨是少數吧，不知是否因此上不了岸。

離開時天已全黑，回到岸上，就著夜景拍幾張照片。洞里薩河兩岸都是高級餐廳和飯店，河上也常有觀光客的遊船航過。華燈上，昇歌起，七彩霓虹轉，金光閃閃，銳氣千條，河面比白天更奢靡華麗。

這奢靡，河上人家是沾不上邊的。兩家共用一盞微弱的燈泡，在黝黑的河水裡起起伏伏。浮花浪蕊，無根浮萍，不知道還要飄盪到哪裡去。

鳳凰

從湖南長沙搭巴士往鳳凰，走走停停，預期會有一段冗長的乘車時間，帶在手邊的書，不做他想，就是沈從文的《湘行書簡》。家書是在往鳳凰的船上密集寫成，有時一個險灘，打翻墨水瓶，弄濕信紙也是有的。當時沈從文暫時告別新婚妻子，一個人回老家辦事。北平往漢口，接長沙，經常德，租小船，沈從文帶上幾斤風乾的湖南臘腸，在船上與水手一同生火淘米煮飯。

船上有三個水手，除了舵手，前方甲板還有兩人。遇到險灘時，這兩人就要背著繩索，跳下船去，只穿條丁字褲，近乎赤裸地在激流裡拉船。沈從文寫，其中一個是實習水手，只是個小孩子。

沈從文走水路，我走修築好的公路，一進到湘西的門戶吉首市，天色已經暗了下來。路邊低矮處，時常埋伏著閃爍微弱紅光的小小神龕，襯著破落的街景，有一種幽冥飄渺之感。湘西趕屍、苗女下蠱，此為古來邊陲蠻荒之地。

到了鳳凰，走在古城，迎面而來的卻都是打扮時髦的八〇後年輕人。穿過蜿蜒的石板街，來到吊腳樓林立的沱江河邊，臨河的絕佳位置，幾乎全被夜店占滿。唱歌選秀節目正熱得滾燙，人人有希望，個個有把握，每家店裡都有人拿著麥克風，嘶吼著港台流行歌曲。小說裡湘西男女對唱的苗族情歌，大概早已沉入黯黑深潭裡。

深夜十一點，喧鬧不已的酒吧外，裹著一頭高塔般的黑布，穿著深藍傳統服飾的苗家老婦，神情落寞地藏在暗影裡，擺著冷攤，賣著都市女孩或許會心動的細碎銀飾。往昔在湘西，形單影隻的苗家老婦，往往會被污名化為惡名昭彰的放蠱女。如今新時代有新時代的蠱惑，苗家婦早已不構成懼怕，只是凋零。

背包客在這裡被稱作「驢友」，古意盎然的巷弄間，時時可見「今日有房」的立牌。驢友來了，自然也少不了老房子改成的咖啡廳，厚重樸實的木門打開，裡頭或許還是幽靜的院落，卵石拼就的庭埕上，往昔放養雞鴨、晾曬稻穀衣被的農家情景，如今全收起來，擺上歐式庭園白鐵桌椅，賣起提拉米蘇。在一家老房子改成的青年旅舍外頭，牽了密密麻麻的電線，織成一露天網吧。

如果運氣好些，沱江邊的民宿有空房，便可入住吊腳樓上。以往，吊腳樓上住的大多是水手的一夜相好，沈從文寫，「許多在吊腳樓寄宿的人，從婦人熱被裡脫身，皆在河灘大石間踉蹌走著，回歸船上。婦人們恩情所結，也多和衣靠著窗邊，與河下人遙遙傳述那種『後會有期，各自珍重』的話語。」

隔日刻意起早，為著同樣早起，落戶生根的河岸人家。婦女背後多半駝了籮筐，裡面或許裝著臉頰被凍得粉撲撲的娃兒，或許是剛從山裡摘來，根鬚處還沾上泥土的野菜，來到河邊浣衣、洗菜。也有船家捕了肥美溪魚，就近在河邊殺魚，清腸剖肚後以溪水滌淨，好帶上船煮鍋魚湯。

浣衣女的閒話家常，打在石板上的搗衣悶響，船夫撐篙搖槳的欸乃聲，隨著這些在薄霧中慢慢盪開的聲音，陽光透亮，剛剛在大石上搓洗好的白色被單，沿著吊腳樓的欄杆，整片披曬下來。廊橋邊開始有叫賣聲，山豬肉醃製成的臘肉，紅通通地風乾蝦米，滿筐滿籮地挑上橋。水中央的跳岩布置在激流深處，趕上學的小學生不驚不懼，像隻小黃雀在石間蹦蹦跳跳，瞬間便過了河。

愛過一個正當最好年齡的人

「你愛我，與其說愛我為人，還不如說愛我寫信。」——沈從文

一九三七年七月，盧溝橋事變爆發，八月，沈從文和一批知識分子逃出日軍占領的北平，一路向南：南京、武漢、長沙、沅陵，最後抵達昆明。妻子張兆和帶著兩個幼子龍珠和虎雛，留在北平。沈從文先去探路，預計妻兒很快將南下會合。

九月九號，張兆和寫信給沈從文，這一天是他們的結婚四週年紀念日，別有意義。信裡多敘柴米油鹽等家用瑣事，借款多少，稿費多少，版稅多少，「我們這裡一切都好，儲米可以吃到年底。現在我們已實行節食儉用，若能長此節省，餘款亦可以支持過舊曆年。」戰爭時期，張兆和的務實個性更加表露無遺，出生於合肥殷實大家族，難得沒有嬌嬌女脾性，她常叨念夫婿需反璞歸真，「不許你再逼我穿高跟鞋燙頭髮了，不許你用因怕我把一雙手弄粗糙為理由而不叫我洗東西做事了。」

張兆和務實，沈從文浪漫，向來如此。一九三〇年初相識，張兆和還是沈從文的學生，才子老師示愛，學生一點都不領情，還告狀到校長胡適那裡去。胡適欲勸退好友，「我的觀察是，這個女子不了解你，更不能了解你的愛，你錯用情了。」

兆和不解風情，從文執迷不悔，他尚且能將這份癡心，轉化為自我砥礪：「若果人皆能在頑固中過日子，我愛你你偏不愛我，也正是極好的一種事情。……我分上是慘敗，我將拿著這東西去刻苦做人。我將用著這教訓去好好的活，也更應當好好的去愛你。」讀沈從文的情書，自苦、卑微至極：「望到北平高空明藍的天，使人只想下跪，你給我的影響恰如這天空，距離得那麼遠。」彷彿苦行僧求道，精誠所至，金石為開，一九三三年，張兆和畢業的隔一年，兩人成婚。

一九三四年，婚後第二年，沈從文遠別新婚妻子，回鳳凰老家一趟，他選擇走水路，在小舟上寫了一系列的《湘行書簡》：「船頭全是水，白浪在船邊如奔馬，似乎只想攫你的照片去，你瞧我的字斜到什麼樣子。但我還是一手拿著你的照片，一手寫字。」沈從文寫搴夫拉船，寫兩岸人家，寫碧綠山水，寫小舟每擱淺一處，水手就到吊腳樓上找他的相好溫存，或寫或畫，都在信上說給三三（張兆和小名）聽。妻子的回信也情意綿長，分別不到十天，兩人都嚐到離別之苦，留下了大量往返的書信。

再回到一九三七年，戰爭爆發，結婚進入第四年，多了兩個孩子，持家擔子更重。張兆和的信裡沒了柔情，代之以經濟上的憂煩。從八月到十一月，妻子遲遲未動身，沈從文渴望相聚，心亂如麻：「要寫文章，不能寫，要教書，心不安，教不下去。而且我自己知道你同時也知道，就是我離開你，便容易把生活轉入一種病態，終日像飄飄蕩蕩，大有不知所歸之感。」

他甚至鼓勵妻子琵琶別抱：「有些人對於你的特殊友誼，能引起你的興味時，還不妨去注意注意！我不是說笑話，不拘誰愛你或你愛誰，只要是能讓你得到幸福，我不濫用任何名分妨礙你的幸福。」

年終，張兆和終於來信，焦灼的還是家中負債。沈從文不希望妻子為人母後，不再精進自己，他建議三三藉由翻譯找回讀書和思考的習慣。她回他：「你說譯書，現在還說譯書，完全是夢話。一來我自己無時間無閒情，再說譯那東西給誰看？誰還看那個？」

在沈從文的書信集中，我反覆閱讀的不是《湘行書簡》，而是一九三七年的戰時書信，漸漸可看出兩人個性上的巨大分歧，沈從文後半生的抑鬱，或肇因於此。隔年四月，妻兒不知為何還滯留北方，丈夫信裡無怨，只細筆描繪鄉村景色，「家中紫荊已開花。鐵腳海棠已開花。筍子蕨菜全都上市，蒜苗也上市。河魚上浮，漁船開始活動，吃魚極便利……將來也許可望你們都來住，你們一同來住。這地是為小虎小龍準備的……在廊下看山，新綠照眼，無法形容。鳥聲之多而巧，也無可形容。」

野菜、河魚、鳥叫、新綠，這裡是邊城，是翠翠與爺爺的擺渡口，是一個原籍湖南鳳凰「鄉下人」的靈魂扎根之處。一九三八年八月，離沈從文離開北京已有一年，眼看著故舊知交紛紛南下，三三仍沒有蹤影，一向溫和的沈從文，去信也不免氣急敗壞，「正當兵荒馬亂年頭，他人求在一處生活還不可得，你卻在能夠聚首機會中，輕輕的放過許多機會。說老實話，你愛我，與其說愛我為人，還不如說愛我寫信。總樂於離得遠遠的，寧讓我著急，生氣，不受用，可不大願意來過一點平靜的生活。」

張兆和也曾抱怨，為何在信裡的描述，丈夫是一個愛乾淨，生活齊整之人，真正生活在一起，卻常常因為創作而不梳洗換衣，邋遢度日。「你愛我，與其說愛我為人，還不如說愛我寫信。」沈從文所想像的張兆和只在信中，張兆和想像中的沈從文也只停留在信中。愛情以書信始，在生活終，又起死回生於兩地書，還是讓我們讀信吧：「我行過許多地方的橋，看過許多次數的雲，喝過許多種類的酒，卻只愛過一個正當最好年齡的人。」

發達資本主義時代下的中國旅人

如今在中國旅遊，誠如張岱所言：「西湖七月半，一無可看，止可看看七月半之人。」名山大川、歷史古蹟，一無可看，止可看看發達資本主義時代下的中國旅人。

如今在中國，中產階級富起來，時興旅遊。中國幅員廣大，走南闖北，東西橫貫，即使出不了國，仍是人生中的一次壯遊。見世面，開眼界，穿上最好的衣服，女人描眉抹粉，腰封大衣裡是碎花小洋裝，底下一雙細高跟馬靴，走起路來趾高氣昂，喀登喀登響，那是文明、進步的聲音。長城、武當山、張家界……到哪裡，女人都是這樣一雙細跟馬靴，或者夏天裡的細跟涼鞋，顫巍巍地，踩著蓮花步爬山，很快就不耐走。伸出蓮花指，招一頂觀光景區常有的轎子，兩人抬一人，花點小錢便可騰空離地，讓人代步伺候，於是，不免有種睥睨神態。有時對轎夫大呼小叫，被抬是一種身分地位，在中國，誰不愛身分地位。

女人的衣服，仔細一看，質料有些粗糙，但款式跟上潮流。一成不變的，是農民工模樣的男人，總是一張曬得黧黑，刀刻般的苦臉。穿上最好的一套衣服，一套藍色西裝，那藍不是深沉穩健的藍，而像是藍領工作服的藍。上頭總像蒙了一層灰的西裝，不是那種講究的量身剪裁，外套總是過大，上、半身比例像是一比一，像個布袋套在乾癟地再也榨不出一丁點水分的男人身上。老實鄉氣的男人，常是瞇著眼睛笑開懷，露出一口金牙銀牙銅牙，或者是乾脆漏風的缺牙。

出遠門，最重要的是拍「到此一遊」的照片，給出不了門的窮老鄉看。旅遊的錢還花得起，也捨得掏錢坐纜車，到張家界山上看阿凡達景點。唯一美中不足的是，沒有相機。應運而生的是為客拍照，在張家界，奇岩、古松、石海峰林，任何一個絕佳的觀景點，均支起大陽傘，陽傘下電腦、印表機、護貝機、可租借的傳統民族服飾一應俱全。

前來招攬的，脖子上掛著一台大相機，不是Sony就是Nikon，無人注意相機是不是山寨，只要體積大，看起來就煞有其事，攬客大多成功。喜孜孜的一家老小，換好土家族服飾，被領著來到拍照景點，山頭人滿為患，到處是拍照的人。拍照哥直嚷嚷，「讓讓，讓讓呀，我們要拍照。」接著粗魯地將閒雜人等推開，一家老小就定位，拍照哥又拿出一個祕密武器，一張凳子。在懸崖邊，他忽地跳到椅子上，像在賣膏藥似地自吹自擂，「懂攝影的都知道，照相不能在一個平面上，這樣阿凡達的景出不來，你看，我站得高高地，這樣才能照一個全景。」

照相哥站在搖搖欲墜的凳子上，我才發現，除了手裡的那台山寨大相機，他灰撲撲的樣子，黧黑刀刻面容，和觀景窗裡的鄉巴佬並沒兩樣。拍完照有一套SOP流程，馬上用電腦輸出，以三寸不爛之舌，鼓吹放大加護貝，或者更進一步，印在T恤上，做成鑰匙圈。好不容易攢下一點錢，出門壯遊的一家老小，照完相，有了紀念證明物，任務已了，心滿意足，片刻也不停留，又風風火火、鬧鬧嚷嚷地趕赴下一個景點，到此一遊，僅此一遊。此生，不會再來第二次。

黑甜

清邁在泰國北邊，四季如夏，樹木長綠，蟬噪兇猛，日日月月歲歲如此。冷使人警醒，熱讓人怠惰，過於毒辣的陽光曬得人暈頭轉向，只想找陰涼處放懶，無妨，此處就是一座度假之城，享樂之地。

在清邁街上，時常可見背心短褲，溢出一身肥白橫肉的外國佬，長滿金色汗毛的手，摟著蜂腰翹臀的當地女子。小鳥依人的蘇絲黃，清一色留著垂到腰際，不染不燙的黑直長髮，像一匹黑色綢緞，再怎麼熱都披頭蓋臉，絕不挽起。在北方溫帶，有錢一點的往蔚藍海岸或加勒比海過冬，來到這裡的外國佬，多屬藍領勞動階級，在北方打一個月的工，來這裡可當上半年的王，把骨子裡陰了一季的惡寒驅散。光棍許久娶不到老婆的，也許來這裡娶個泰國妻子，半年一年才來團聚一次，也學會入境隨俗，在路邊攤來碗蝦子麵，辣油加得爽快，筷子使得嫻熟。只有泰文，是恆常學不會的。

年輕一點的新世代嬉皮也有，一本《寂寞星球》，一台腳踏車，一把吉他，一雙夾腳拖，便可以窩上大半年。履行貧窮旅行的真義，住便宜民宿，三五男女上下鋪混住一間，省錢還是其次，主要為交朋友，探得門路後，便相揪前往邊境山區呼麻。愛與和平，讓渡出來的禪與心靈的書多了，舊書店因此蓬勃，咖啡館也多了，講究本地小農有機耕作。

到了夜晚，熱度稍降，人潮傾巢而出，都往夜市聚攏。火樹銀花綿延一條街、兩條街、三條街，攤檔與攤檔間接得緊密，連成無縫接隼的一長條火龍。所賣的東西大同小異，皮雕飾品，象牙墜子，編織涼鞋，涼爽沙麗，印有大象和佛塔的T恤，實用性少，到此一遊的紀念意味多，逛幾圈就乏了，多的是逛而不買，只湊熱鬧的人。攤檔是以鐵架三面圍起的小空間，常見一家人都出來擺攤營生，放了學的小學生，腿上墊塊木板就是書桌，在市井環繞的立體聲中算術寫作業，晚餐時間到了，同樣一塊木板也充當餐桌。每個攤檔幾乎都會夾帶幾個孩子，或大或小，大一點的四處串門，小一點的還在襁褓中，從小就在觀光客腳邊蹭大。夜市鬧到很晚，攤檔底下的暗門一拉，除了倉儲作用，也讓愛睏的小孩屈身一躺，在衣料山裡暫時小憩。

有一攤賣香蕉煎餅的，大人都不在身邊，稍大一點的小姊姊，領著四個小弟妹叫賣營生。小姊姊一個人俐落地熱油切蕉煎餅，旁邊擺了一張床，弟妹們赤腳在床上蹦跳玩耍，姊姊在前場忙著，頑皮一點的娃兒帶著奶瓶溜下床探險，幾雙小腳上上下下，沒幾下就把床上的被褥踩得污黑。煎餅的小姊姊，衣服大概幾天沒換洗，袖口黑了，腿上滿是紅豆冰，沒大人照顧的小孩，盡是狼狽。髒污的床，漂流的家，浮盪在夜光河裡。弟妹們玩累，東倒西歪紛紛睡了，只剩小姊姊還倔強地撐著不收攤，我去跟她買了一個煎餅，入口滿是油，吃沒幾口，就擱下了。

夜市的外圍，沒有燈光的黯淡所在，還有一些散攤仍不死心地聚在那裡，沒有固定的攤車，貨物就直接擺在地上。不曉得是不是沒有光照的緣故，他們所賣的東西，看起來又更次等掉漆一些，乏人問津。小夫妻模樣的男人女人，鬱卒黑沉著臉，唯有他們襁褓中的嬰兒，在避開光亮，稍離市聲的僻靜處，正睡得黑甜。

天上人間

坐了十幾個小時的飛機，從倫敦的希斯洛機場探出頭來，已經是晚上八點。我拖著行李，搭上地鐵，從西南邊橫切一對角線，到遙遠的東北邊角，旅程的最後一哩路，幾乎是台北到新竹的距離。

抵達異地的第一眼，像剛開眼的雛雞幼鴨，有著決定性的銘刻印象。六月中旬，節氣已近夏至，氣溫卻還凍人，呵一口氣便成白煙。啞行者蔣彝在一九三三年，八十年前初次抵達倫敦，也是人間六月天：「我獨自一人首次造訪海德公園，走著走著，忽然見到兩位女士慢慢經過身邊。我大吃一驚，她們身上竟然穿著毛皮大衣！我知道當時正是夏天，因此不敢相信，我年少時的夢居然成真了。什麼夢？許多中國通俗小說都描述過，天上仙人夏天時穿著皮草，冬天穿著極薄的絲綢。」

天上人間，時令顛倒，日夜也錯置。晚上九點，當地鐵一出地面，卻是大白天，像是早上九點，陽光還不大熾烈，輾壓過的金箔，薄薄地貼在屋簷塔尖上。光線正好，不螫人不刺眼，窗外蔚藍天，襯著列車的紅色絨布座椅，像是岩井俊二的純愛電影場景，而非印象裡鼠灰色的霧都。

下班的尖峰時間已過，車廂內只剩下零零落落的乘客，看起來都是因加班而晚歸，勞工階級模樣的人們。經過長途飛行、轉機、通關、將笨重的行李在倫敦沒有電梯的地鐵站搬下抬上，最後塌陷在舒服的紅色軟椅內，只剩下一具潰散的人形。車廂裡的人們看來也是積累了大量疲倦，對面的大叔腆著肚子打盹，肥胖的灰髮大嬸吃力地彎腰，把短靴的繫帶鬆一鬆，讓奔波一天的腳出來透氣。恍惚間，不知何時，天一下就墨黑，蕭瑟淒涼之感忽地襲來。

像是一下就沉入潭底，在夜闇中拖著行李尋覓訂好的廉價旅館，還亮著燈的是印度人開的炸雞店，膚色暗褐的南亞移民，拎著幾手啤酒，三三兩兩聚在街角。倫敦是狄更斯是伊恩·麥克尤恩，但也是奈波爾、魯西迪與莎迪·史密斯的倫敦。隔日仔細端詳此街區，在路上時常可見許多全身罩黑，只露出眼睛的伊斯蘭婦女。年老一點的全身素黑彷彿服喪，年輕一點的素黑布面上還繡著花樣，露出一雙翦瞳大眼，牽著還不用綁頭巾的小女孩。大概用不了多久，小女孩開口就是一副純正英國腔。

一整條街賣的都是南亞吃食用品，印度手抓飯、土耳其烤餅，玻璃窗裡紅紅綠綠粉粉紫紫甜得膩人的糕點。雜貨店門口堆疊著馬鈴薯和洋蔥兩座小山，原因無他，都是做咖哩的配料。服飾店裡披掛著成年禮、結婚時穿的繡金邊沙麗，一走近就是薰得讓人發暈的印度檀香。東倫敦錯落著許多像這樣的移民小鎮，像是將印度或巴基斯坦的一處市集平行移植於此，顏色五彩繽紛，香味辛辣刺鼻，在這個夏天仍可穿上貂皮大衣的國度裡，一旦抽離南方的溫度，就完完全全不是那種感覺了。

每天早上九點出門，一律是陰灰沉鬱的天，雲總是壓得很低，時不時就來一陣急雨，還加上迎面刮來的勁風。我忽而了解英倫人為何這麼愛談論天氣，這是尋常裡的一日，一個萬般沮喪，提不起任何活力的灰敗早晨。偶爾從層累的雲團間破出一道光線，那難得的光束彷彿天上降下的神啟，照亮一小塊空地，又吝嗇地馬上收回。

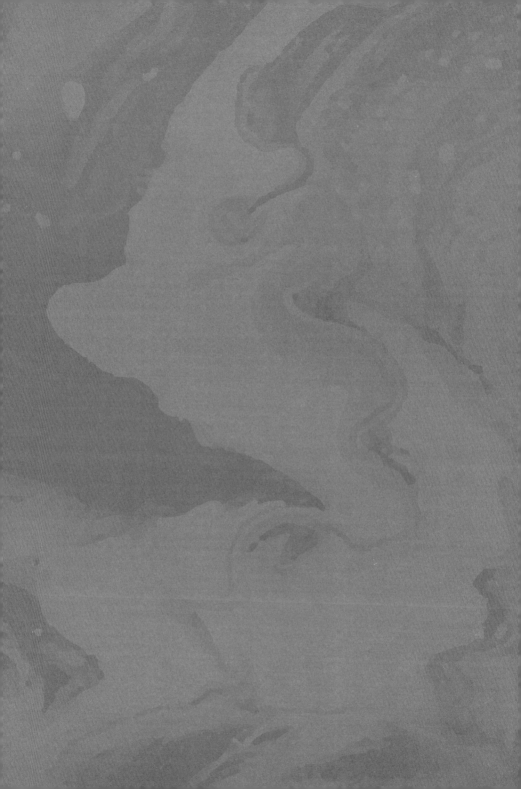

輯四

回眸

煙花

年過四十好幾，她們猶然一副少女樣貌。

實際年齡減十歲，便是她們的皮相年紀，或許還要減掉更多，生活在大學周邊，做完熱瑜珈，一身韻律服猶淌著汗，素著一張臉去買麵，沒蓋粉，白裡透紅了出來，老闆娘喊她「妹妹」，問她讀大學幾年級。

老少女保養得宜，不靠雷射、電波或拉皮，暫停時間的唯一方法，就是不讓異物通過子宮。人生中沒有那十個月，又十個月，再十個月。不像她們的母親或阿婆，十月的漫長懷胎，在腹中養大異物，大到快撐破肚皮時，讓它從小到不成比例的洞口，極其艱難地引出。

這世間的任何經驗都無以替代的撕裂與劇痛，老少女避開了雌性作為一種生物，最重要的痛感體驗。人生頓悟，始於痛感，矜持與羞怯瞬間退潮。人間的理解與體諒，也來自相同的共感，祖母痛過，外婆痛過，母親痛過。因為疼痛的體悟，可以把自己縮小，又鑽回母親的子宮，養兒方知父母恩；因為不疼痛，臍帶到她們這邊一刀切落，此去無路，這讓她們注定失去深刻的感受能力，為人情薄而淡漠。

老少女毀家滅婚，不生殖，生殖是前現代的古典醫學名詞，鮮少出現在她們的辭典裡。在辭典裡排第一的，是「自我」，實現自我，充實自我，盡其在我，「自」、「我」指向的都是自身，雙倍加乘的，讓她們成為一個封閉的迴路。辛苦賺來的金錢，都為了善待自己，時不時就要出走，來一場自助小旅行，她們將狗兒子貓女兒寄養，不跟團，不帶囉嗦麻煩的父母，在交通工具上有小孩尖叫哭鬧，她們就皺眉，戴上耳機，築起透明音牆，人在這裡，也不在這裡。

她們看藝術電影，也著迷於後宮嬪妃心計，上美容院時翻《壹週刊》，信瑪法達得永生。既俗也雅，能讀村上春樹，也留心於千頌伊的 YSL 正紅色唇膏。她們和父母感情淡漠，從不參加家族活動，避開婚禮與葬禮，卻沒有卡繆《異鄉人》的疑惑。她們對親人疏於噓寒問暖，撞見鄰居就低頭，更關心非洲難民的處境，定期定額從薪水扣款捐獻，買了贖罪券的同時，也定期定額買小額基金，或者遠方國家的貨幣：南非、印度、俄羅斯，這些國家她們通常不去，她們去京都、巴黎、普羅旺斯。她們無後代，趁早買長照型保險，自己的風險自己承擔，她們注意雙親腰圍，有無按時服血壓藥，希望老人家健康硬朗，表面殷勤孝養，實則機關算盡，她們喜歡乾淨俐落的死，心肌梗塞最好，最怕照顧臥床病人。

身體像個精密儀器，設置了孔洞，就得給誰通過。長出了棒錘，必得往哪穿刺。1與0的關係，構成了整個世界。少女時期她們也曾穿上束胸，好避開公車上的鹹豬手。大學時她們要遭逢同齡人滿溢的雄性賀爾蒙，衝刺再衝刺，她們不善於計算安全期，總讓對手巧言矇騙，那些年，姊姊妹妹陪上婦產科，宛如中學時手牽手上廁所。

終於來到最好的時節，熟透的果子仍舊不落地，但道德的緊箍咒終於鬆綁，她們或有性伴侶，若即若離，不太上心的那種。時尚雜誌說做愛能讓人年輕，或許吧，她們只想要舒服，舒服歸舒服，雄性動物精蟲衝腦時，她們得柔聲提醒戴套，不戴套又內射的可列為恐怖分子，警示燈響起，畫個大叉，從此拒絕往來。她們做風險評估如買賣基金，再不倚賴「運氣」，四十八小時內走進藥房，說要買「那種藥」，氣定神閒，臉也不會間刻刷紅一下，在藥局當場就配開水吞下，無法忍受任何「異物」在體內著床。世事艱難，她們只想為自己的餘生負責，惡水上的小船，再也搭載不了任何人。

有時她們也可以完全不要性，蚌殼一樣緊閉，活得堅壁清野，像個深山女尼。吃素，做氣功或瑜珈，每日集滿五蔬果，盡量跟有機小農買，注重食物產地來源，以及是否符合時令節序。完全不要性，像森林系童女，子宮、卵巢、輸卵管……在善於精算贅肉的她們身上，並非全然無用。無用之用，謂之大用。坊間貌美女中醫的書裡說，子宮是女人的根本，養好子宮，氣色才好。生理期時忌冰冷，生理期以外仍是，日常以紅糖生薑桂圓紅棗細細調養。喝豆漿補充大豆卵磷脂，且會注意那豆子是否為基因改造食品。養好無用的器官，她們的臉色日益粉潤妖豔起來，彷彿吃了胎盤似的，然而，一切不以求偶生殖為目的，她們說不要性，就可以不要性。

讓身體像個暢通無阻的管道，吃了美食就上健身房，能量守恆原則，增一分就要減一分回來，做了愛就將異物排除乾淨，不拖泥帶水，更不會藍田種玉。身體有了更形而上的層次，她們習慣這麼說，「做自己身體的主人」，誰不是自己身體的主人？什麼是「主人」？主人不能叫停心跳和呼吸，沒有生殖目的的主人，不能叫停每個月固定的排卵，不能叫停雌激素分泌，使子宮內膜增厚，獨獨沃養一顆卵子，等待的果陀始終不來。

重養生，勤保養，她們總以為死亡很遠，殊不知每二十八天，在下腹部，都要經歷一次小小的、靜默的死亡。喪禮私己且低調地進行，未受精的卵子夭折，子宮內膜脫落，一起排入下水道，外人從不知道，她也不曾哀悼。

每月，在下腹部，都需要經歷一次小宇宙的誕生、星系完全生成後的大爆炸、崩落與死亡，再生成、爆炸、死亡，周而復始，月復一月，年復一年，一生中，她將會死掉四百五十顆卵子，四百五十顆星體爆破殞落，存在她闇黑內面的銀河系，細胞增生再裂解，萬花筒般的壯麗景觀，她從來只按住下腹部，感覺悶、煩、帶腥味的黏膩。取消了生殖，這一切絢麗變得徒勞，就像一場節慶煙火，大量的拋擲與浪費，今夜煙花燦爛，放完了，就什麼都沒有了。

長假

台灣學子的兩種長假：寒假太短，暑假太長；寒假太冷，暑假太熱；寒假有西洋情人節，暑假有七夕牛郎織女；寒假有過年來喧賓奪主，暑假有大考來揮汗拚搏。總沒有一個剛剛好的假期，也沒有一種剛剛好的心情。

對《櫻桃小丸子》的作者來說，暑假是尼采式的永劫回歸，會一直沒完沒了下去，拖著長長的尾巴，一起帶入中年。暑假的情節在卡通裡出現的次數頻繁，有著固定的元素：夏陽、蟬唧、風鈴、刨冰、西瓜、海邊、返校日、煙火大會……，以及因為家中沒裝冷氣，熱浪來襲時小丸子如廢物整天癱倒在地，包子臉媽媽傳來的獅吼聲。暑假裡平日的玩伴或出國或回外婆家，貴公子花輪去了夏威夷，獨生女小玉去了北海道避暑，假期太長，拿來遠行尚綽綽有餘，但鏗吝儉省度日的人家，哪兒都不能去，就在清水鎮上和爺爺計畫一場想像之旅，以異鄉人之眼重新遊歷故鄉。

暑假裡只剩下一種情緒，百無聊賴，無聊到了一個極致，就是徹底的懶散，遲起清醒不了多久，又睡午覺，睡飽了懶成沙發馬鈴薯，再熬夜看金庸小說或整套漫畫。儘管有大把可輕易拋擲的時間，暑假作業一定留在最後的倒數時刻，八月三十一日，一天編造完六十天的日記，出動全家挑燈夜戰補救懶惰鬼捅的簍子。年復一年地發生，時間總停留在小丸子九歲，富士山腳下，靜岡縣清水國小永遠的三年四班，無法喊停、重複上演的噩夢一場。

櫻桃子在年過三十，當了漫畫家以後，決定把生命中的某個時刻喊停，那往往是尷尬不已的時刻，拿放大鏡去逼視每次出糗，例如火燒屁股趕暑假作業這等鳥事，後來成了火燒屁股趕連載截稿。拖延撒賴、避著正事不做，小徑不斷岔開的花園，歧出再歧出，總不走在正道上。令我欣慰的是，小丸子居然也混出一個名堂來，實現幼時不太正經的漫畫家夢想，而且不像另一個懶散的卡通人物葉大雄，有小叮噹和時光機的幫助，娶了宜靜晉身白領上班族，成為一個有用的人。

經歷退學、重讀、延畢，我的學生生涯相當漫長，我的暑假以網球比賽為標界，六月底考完試，溫布頓的草底季來到，暑假開始了；八月底是美國網球公開賽，結束了才能收心。年復一年的暑假，像是快流逝完的沙漏，顛倒一下，又可以重新開始。尤其在研究所時期，修完課，等著寫論文的漫長日子裡，假期已經沒有太大意義，似乎能把每一天都活得像是百無聊賴的暑假，睡無定時，吃無定頓，夜裡酗小說看電影，白天拉下窗簾補眠，傍晚才出門覓食，像暑假作業一樣，論文留待最後半年？最後三個月？又或者最後一個月？心臟越強壯的人，儘管可以沉下去，過得再頹廢一點。

總也有那麼一個時刻，終於厭棄無所事事，厭棄沒有座標的人生，厭倦了暑假。那徵兆是一個夢，夢裡我已經三十好幾，卻還在重讀國中，寫三角函數考卷，腦筋一片空白，考完，就放暑假了。夢醒了，不必考試，也再沒有長假可放，有一點慶幸，也有一點遺憾，我人生中漫長的暑假，終於在三十七歲那年結束了。

戰廢品

第一天，我打開桌上的電腦，工程師並未將前任記者的資料清乾淨。我打開她的文件夾，從第一篇文稿到最後的辭職信，彷彿在我眼前展演在《壹週刊》這個培養皿裡，一個細胞從出生到死亡的歷程。

她的週期是六個月，T大外文系畢業，有優異的外語能力，以及豐富的媒體經驗。她大部分的稿子都是五稿以上，有些稿子甚至有十個以上的版本，打開來都是紅字斑斑的改稿過程，例如她寫到，來到一個古色古香的咖啡廳採訪，主管提示，要她盡量別用現成的成語，改以「老舊的木樓梯走上去嘎茲嘎茲作響」替代。檔案中有個她與主管的

MSN對話，她特別將其存檔起來提醒自己，天蠍座的主管說她太善良，不懂得窺探人性的黑暗面，推薦她看一本美國FBI探員的讀心術。我花了一個上午看完她的苦海求生記，文稿裡的每一個紅字都像批示下來的判決，她自由了，卸下刑枷，只因我接替，我把她的文稿盡數刪去，只留下最後一封辭職信，她寫：「我盡力了，但我想我還是不適合這裡。」

二〇一一年六月一日，是我在台灣《壹週刊》上班的第一天。空蕩蕩的桌上除了迴盪著前任幽靈的電腦，還有一本創刊十週年的特別企畫專刊。《壹週刊》在二〇〇一年五月三十一日創刊，至二〇一一年五月三十一日恰好十週年，我在十年又零一天來到這個新聞的一級戰場，每週三打開電視，所有的新聞頻道都複製貼上這裡的頭條。《壹週刊》是香港壹傳媒進軍台灣的第一線斥候兵，接著才是《蘋果日報》。我加入時，黎智英正大張旗鼓催生《壹電視》，不斷燒錢，相當於每天將一台賓士轎車推入海裡，卻始終無法取得頻道，有那麼一點盛極轉衰的徵兆。

壹傳媒在台灣打下一片江山，過了開疆闢土的草創階段，來到壯大穩固的成熟期。十年下來，壹傳媒就像病毒找到了絕佳宿主，不斷增生複製，台灣媒體受到壹傳媒全面滲透性的宰制影響，幾乎無法形成抗體。

下一個十年，來到二〇二〇庚子鼠年早春，新型冠狀病毒正烈之時，《壹週刊》宣布在二月二十九日停刊。早在二〇一八年四月因為不敵原班人馬出走成立的《鏡週刊》衝擊銷量，停止紙本印刷，只剩網路版，那時就死過一次。二〇二〇年的終極停刊消息讓人不痛不癢，有讀者看到消息只說了一句：「原來今年是四年一次的閏年，二月有二十九天。」

盛極而衰的媒體終止在瘟疫蔓延時，怎麼不讓人想起上一次瘟疫，二〇〇三年春天的SARS風暴，彼時《壹週刊》創刊不到三年，在SARS期間讓一文一攝潛入封院的和平醫院一百小時，獨家報導立下戰功，《壹週刊》敢衝敢拚敢不計代價甚至賭上員工性命的印象從此深植人心，獨家拿到新聞熱頭過去卻不曾船過水無痕。文字記者沒有署名，她的採訪後記寫著：

「雖然記者的職業本能讓我遇災難不至全然無助，但當身處和平醫院，隨著感染人數不斷攀升，有時我也會被無名的恐懼襲擊，擔心14天的隔離期會永無止盡。我終於了解，為什麼有人會說，最令人恐懼的東西就是恐懼本身。」

有著傳奇事蹟的記者，姑且稱她為L，在我進《壹週刊》工作時，L早已離職，但我曾聽前輩提起L，說她是明星記者，任何一個題目，即使是小人物的採訪，她都會將身心靈全副投入共感，既有拚命三郎的精神，理科出身的L還能跳脫常規、常有神來一筆。L在前輩的口中是雲端上的人物，但前輩話鋒一轉，「超新星很快就會燃燒殆盡，全力衝刺的結果就是讓自己提早耗損。」前輩舉L的例子，是好心提點我，別衝太快。初入虎穴，毫無新聞資歷的我手無寸鐵，腎上腺素隨時充滿，像頭蓄飽電永不停止跳躍的金頂電池兔子。然而當前輩有朝一日成了人上人，坐在小房間裡管理眾人，她也忍不住揮鞭向那群兔子，跑快一點！再跳高一點！

後浪源源不絕，前浪死在沙灘上。明星記者代有人出，發光只是一瞬間，「後來怎麼了？」（註：台灣《壹週刊》人物組的專欄名稱）不應只追索重大社會案件的餘波，而是將探照燈反著拿朝向自己。SARS和平封院的採訪後座力一直都在，報導將出刊時，

L和編輯部就新聞倫理起了很大的衝突，L認為週刊沒有保護她的受訪者。歷劫歸來，沒多久L就摘下明星記者的頭銜離職，從此就像一片浮萍飄向大海，漸漸傳來L失去採訪寫稿的能力，往常那些慧黠靈動的文字失了根，碎散無蹤。L長期沒有工作，自身經濟困窘，卻供養一位西藏上師。

最令人恐懼的東西就是恐懼本身。和平封院六神無主時，L頻頻打電話向上師求救。

結束在即，倒數計時，週刊近來在網路上回顧從前的「豐功偉業」，總少不了「直擊和平封院」一筆。重新看這個報導，突然了解一向對受訪者同情共感的L為什麼會挫傷。報導中的照片，除了呈現封院中的醫護實況，還近距離拍攝被困於院內的病患及陪病家屬，僅以薄碼（有些照片甚至無碼）略為遮掩。十七年後瘟疫改頭換面捲土重來，不變的是人類一旦面對死亡的恐懼，始終會將文明理性丟棄，退化為丟石塊燒女巫的原始人。以「直擊現場」之名無情地暴露面容，無疑將這些錯誤政策下被拘禁的替罪羊遊街示眾。「直擊」的內涵其實隱微幽曲，是遮遮掩掩的偷拍，回顧文章裡，當年的攝影主管說：「值得一提的是，在手機功能不強的當年，要取得畫面極為困難。我們想到的方法是相片用裝底片的小相機拍，影片則用小DV錄製。」近距離偷拍封院內老夫婦餵飯，是一張溫情訴求的好照片？還是每一張刺激銷量的照片，都將圍牆內的人身上烙上記號，好讓被恐懼綁架的人們指認？

除了L，我還記起另一個暗影，那是攝影主管口中的老皮，與L一同在和平醫院出生入死。我到職時，L已離開，而老皮還在。我從來不曾和老皮搭檔工作，拍攝名人、企業家、時尚、美食、旅遊……這些好康的差事，幾乎沒有老皮的份。老皮恆常接下其他攝影記者避之惟恐不及的苦差事：跟監，枯坐在車上守株待兔四、五個甚至八、九個小時，嗑掉無數便當，想打瞌睡玩手機又不能全然分心，手裡那隻長鏡頭大砲像上膛的槍，隨時準備瞄準，在電光火石間，牽手、搭肩、親嘴、依偎……喀嚓喀嚓，見光斃命，記者會道歉，又一次輪迴。

其他人說老皮陰陽怪氣，在狗仔車上常好幾個小時不發一語，把氣氛弄得很僵。不知道是不是也因為「那件事」，自此之後老皮和L一樣盡廢武功？老皮無法再去拍名流、時尚、美食，在他處只有被資遣的份。週刊念在戰功，還繼續留下他，留給他不太需要攝影技巧的狗仔跟監。週刊如同月球有著亮面與背面，亦正亦邪，明暗相纏，人物組網羅好手練就生花妙筆，「非常人語」金字招牌讓名人無法拒絕，等到醜聞發生了，資料庫裡明約正訪的端莊照片被調出來，和搖晃模糊的狗仔偷拍並列，情何以堪？精神分裂是八卦週刊的體質，也是記者之慰藉，暗處待久了要出去曬點光，得意的人物報導或美景照片寫上自己的名字，否則必定自傷。老皮這團暗影卻徹底沒入週刊坑疤的月球背面，成了沒有名字的人。

鬱症、躁症、各種癌症、心肌梗塞、酗酒、卡債、安眠藥、胃潰瘍……病毒的入侵在肉體在精神在生活方式消費行為，戰廢品非死即傷。

在培養皿裡，我的週期長達一四九〇天，四年又一個月後，我生還且倖存，卻絲毫不純真、善良，也一點都不無辜。至今我仍無法描述那些年體內長出的那頭獸，剛去《壹週刊》工作的前半年，我的書架上不再是以往嗜讀的文學作品，而是以前我從來不碰的正向思考心靈雞湯書籍，催眠我白天樂在工作。巨石壘疊的壓力會以另一種形式迴返，在夜晚的夢境，現實中已亡故數年的父親被解除了封印，起死回生、栩栩如真。

奧德賽

高中聯考失利，考上一所位於市郊山區的吊車尾學校。吊車尾實可一語雙關：想當然爾，是在公立高中的排名吊車尾；另外，唯一一班開往學校的公車，還擠上另外三所學校，中、下游的魚群散去後，才輪到幾近抵達公車末站，吊在車尾的我，和我的眾多同路人下車。未有捷運，交通黑暗，滿路盡是坑疤破洞的年代，我們日復一日在奧德賽的旅程上，彼此長時間汗黏汗肉搏肉，醃漬成一罐罐沙丁魚，再送進學校加工，三年後檢驗不合格，便成淘汰品。

學校遙遙懸在北邊，朝對角線往南切，就是我家。每天透早五點前起床，天猶墨黑，以冷水拍臉，實也振作不了多少，拖著鉛重的腳步，換三段公車，行軍到遠方。父親將彼時學生票一段八塊，三段二十四塊，來回四十八塊的零錢，一塊一塊算好，每天晚上，我就等著領隔天的車錢，一塊不多，絕不會湊整數給我五十，但也一塊都不會少。為了這些零錢，父親定期去銀行換錢，一塊、五塊、十塊的硬幣都有。父親是來自印尼的華僑，在失根的異地，錙銖必較，他天天記帳，將我每日四十八元的車費支出，一筆一筆記下。

清晨搭上的第一班車，因為終點站是榮民醫院，不到六點便已滿座。一車皆是無人陪伴、孤身上路的零餘老者，趕早搭車到醫院。等掛號，等看診，等拿藥，漫無止盡的乾耗，最後等死。天亮前開來，載來枴杖尿袋，沉沉暮氣，像一座幽靈公車，終點是死亡，在這之前什麼都沒有，伶仃時間多如漏不完的沙粒。

在士林轉車，三所學校的學生都等同一班車，車一來很快就塞滿，我時常擠不上去。眼看就要遲到，記名，斥責，罰站，操行紅字。久而久之，不再急躁，無所謂了，退到人群外圍，冷眼旁觀肉條塞滿鐵皮車的過程。每天都會有一個戴斗笠，挑扁擔的阿伯，不管怎樣，他都擠得上去，擠到最後一排，一屁股坐在地上，占地為王。一路上像王一樣，對空氣發號施令，念念有詞。有次，我跟蹤他下車，他挑著空扁擔來到市場，什麼人也沒搭理，像夢遊轉了幾圈，又回到站牌下等車，勝利者一無所獲。

考上吊車尾高中，父親先是冷嘲熱諷一番。開學前他突然心血來潮，帶我上路，摸索這段上學路要怎麼走。轉幾趟公車，終於來到山腳下的站牌，猶不死心，他領我爬了一段坡路上山，到了學校門口才停住。我們之間沒有任何言語，只有尷尬的沉默，他的眼神似乎示意也嘲諷著：看，這就是你考上離家大老遠的好學校！

那是如夢境般的午後時光，生平唯一一次，和父親獨處超過大半天的時間，在從前，幾乎要超過我所能忍受的極限。在回程空盪盪的公車上，我們沒坐在一起，而是一前一後兩個單人座。即將要西下的日照餘暉，溫煦而不刺眼，因馬路坑疤而起的震幅，顛呀顛，像搖籃曲，將我們半顛進夢鄉。歸途綿長，絲毫不必擔心，馬上要中斷這剛孵出來，籠罩在光暈中的金黃睡意。在奧德賽的旅程中，顛簸、搖晃、些微碰撞，尖石磨去銳角，成了溫潤光滑的鵝卵。睡了醒，醒了睡，偶爾醒來，遭遇窗外陌生的地景，總還沒到站，盯著前座父親也微微打盹的後腦勺，復又沉睡去。這是第一次，我可以待在父親身邊，全然放鬆，無所掛礙。

從婆羅洲來的人

第一次見到張貴興，在一場座談會，那是二〇一八年九月，李永平過世週年、臨終猶掛念的遺作《新俠女圖》，和張貴興睽違十七年的長篇小說《野豬渡河》同時出版，在台北城南紀州庵舉辦的新書發表會，題名為「婆羅洲來的人：台灣熱帶文學」。

紀州庵在同安街的末段，爬上天橋，跨過快速道路，圍牆外就是新店溪河岸，是李永平筆下古靈精怪的小女孩朱鴒漫遊的終點，也是我童年的晃遊地。罹癌後，李永平撐著病體，最後一次公開露面也在河邊的紀州庵。秋冬春夏，時光流轉週年，李永平的同鄉朋友們，台灣最重要的馬華作家、研究者在秋日午後齊聚於此，說是新書發表會，更像一場小團圓。主持人是《文訊》總編輯封德屏，封姊以及《文訊》團隊，可說是台灣文壇的「送行者」，孤身無依的作家去世，常是《文訊》幫忙辦後事。從李永平罹癌入院的奔走與陪伴，到處理身後事、聯繫馬來西亞的家屬來台、處理遺產等繁瑣事務，都是《文訊》一手包辦。二〇一七年深秋，《文訊》租了一條小船，載著李永平的東馬親人以及故舊出海，將其骨灰灑進觀音山下、大河盡頭，匯入大海，餘燼與塵埃，也許隨著潮流漂回婆羅州。

我的父親在二〇〇七年過世，恰巧是我出第一本書《單向街》那年，父親從此成了單行道，有去無回。我和姊姊想把他的骨灰帶回婆羅州，灑在父親的出生地「山口洋」，印尼那邊的親戚不支持落葉歸根的樹葬想法，因此作罷。在馬華作家眾星雲集的小團圓中，我本是個局外人，因為父親的婆羅洲背景，於是便沾了一點親，受邀列席發言。父親和李永平、張貴興同樣來自婆羅州，都是中華民國僑教政策來台讀書的「華僑」，讀的都是英文系或外文系，這是「國語」欠佳的僑生最好入門的科目，如果讀師大英語系，不但學費全免（公費），畢業成了軍公教，娶台灣女子落地生根，如黃錦樹所言，「當年所謂的僑生，一旦選擇留下，其實都是『外配』的先驅。」

當「外配」這個名稱還沒被發明並變成貶抑名詞，我已成為外配之子，只不過這個外配是父親，而非母親，父親將他的南洋出身隱藏在航空公司的白領皮囊中，一口流利的英文能遮掩出身，「屈辱」感沒那麼重。父親不是奈波爾的父親，不鼓勵我寫作，他甚至痛恨這個折磨過他的方塊字，往常只要父親一進房間，我一定把手上的國文課本換成英文課本，我如貼了作文獎狀在書桌上，總會被他撕毀。從婆羅洲來的人，「國語」是如何讓他屈辱，我已無從知曉。

僑生總是被認定是來佔本地生位子，來搶資源的，且課業成績往往墊底。唸錯音，寫錯字了都不自知。講話怪腔怪調。衣衫襤褸。髒兮兮的，像剛從臭水溝爬上來。（有史瑞克的味道）

——黃錦樹〈馬華文學無風帶〉

我十分懼怕父親和他身後的那塊黑暗島嶼，長大一點，李永平、張貴興以婆羅洲為背景的小說成了我「追索」父親的獸徑，儘管，父親與他們是不同國籍之人。李永平、張貴興在婆羅洲北邊的砂拉越，屬於馬來西亞，父親在南邊的加里曼丹，屬於印尼。地理上都是婆羅洲，大航海時代列強殖民，英國在北邊，荷蘭在南邊，隨機性地決定原居民未來的國族與身分。馬華作家可以排成一列壯盛的隊伍，卻不曾有過「印華」作家，因為印尼在一九六五年蘇哈托發動政變上台後，關閉了所有的中文學校，也禁止華文報刊書籍，原本在山口洋開「自由書店」賣中文書的爺爺，被迫關門，舉家搬遷到雅加達，在貧窮線上載浮載沉。父親是家中長子，爺爺從微薄的積蓄裡擠出錢，買了一張單程機票，在六〇年代印尼白色恐怖肅殺之際，讓父親到自由中（華民）國讀書，留下來的人，父親的幾個妹妹，只有小學畢業，日後不是遠嫁開發國家的藍領階層，成為「外籍新娘」，就是在市場擺攤維生。

一九八四年，熊井啟的《望鄉》在台灣放映，故事發生的背景在北婆羅洲的山打根娼館，明治至大正時期，日本黑心資本家誘拐貧苦人家的女兒到南洋從娼。《望鄉》其實是一九七四年的電影，遲到十年的放映，實為破冰之舉，在此之前，帶著抗日情懷的中華民國已經禁放日片多年，一九八四年第一次解禁，一次播放四部日片，引起轟動，中影總經理徐立功在日後的訪談裡說：「得知能看到日本影片，島內觀眾興奮異常，甚至有人專門從中南部包車來台北看電影。七十元新台幣一張的入場券，被黃牛炒到超過六百元。為時八天的放映進行到第五天，員警就抓了十七名黃牛。」

我不知道父親在當時是怎麼搶到黃牛票，我只記得父親買了兩張戲票，十歲的我，坐在母親的大腿上，大我一歲的姊姊，坐在父親的大腿上，在西門町樂聲戲院的巨型銀幕前仰著頭「望鄉」。十歲的小女孩當然不能了解山打根娼妓館的悲情，只記得在母親腿上扭來扭去好不耐煩，也記住父親那雙總是令她懼怕的眼睛，突然變得溫煦柔和，望鄉，他望向銀幕裡他的故鄉。然而，山打根不是馬來西亞嗎？與印尼何干？在漂流台北的異鄉人心中，民族國家的疆域無法分割一塊完整的地理，世界第三大島，形狀是一隻蹲踞的雨蛙。島上的熱帶雨林植物最奇特的屬豬籠草，又稱「猴杯」。我的第一本追蹤婆羅洲獸跡的小說，正是張貴興的《猴杯》。

張貴興說：「捕蟲瓶裡的汁液，清涼可口，猴子愛喝，故稱猴杯。紅毛猩猩喝時，為了不攪散瓶底的蟲骸，斯文秀氣，好似英國淑女細啜浸泡著檸檬片的紅茶。」

「豬籠草溢出的香氣，吸引了蜜蜂、蝴蝶、螞蟻、蒼蠅、蟋蟀、蜂鳥和各種昆蟲，牠們是豬籠草的美食（巨大的豬籠草可以溺斃老鼠和小猴子），也是植物的播種者。植物學家估計，近七十種動物共生或寄生豬籠草中，包括兇猛的掠食性蜘蛛和螃蟹。當豬籠草以拓荒者姿態站穩腳步時，其他動植物就淫蕩兇猛的孳生了。」

其他動植物就淫蕩兇猛的孳生了，直到全球化跨國企業大量砍伐焚燒雨林，種植棕櫚，棕櫚油所製成的各種產品，沐浴乳、洗髮精、清潔劑、洋芋片、巧克力，大量輸入到每一個現代城市的超商貨架上。父親已故，望鄉路斷，我在享用著便利生活的同時，不太會想到，八十多種豬籠草屬中，近一半只生長在婆羅洲，如今連根拔起。往常好似英國淑女舉起猴杯細啜紅茶的紅毛猩猩，在森林大火中被燒傷體無完膚。報導棕櫚園不當開發的兩位印尼記者被殺害。

二〇一五年，我曾經走訪位於屏東高樹的植物保種中心，保種中心收藏的品項以熱帶雨林瀕臨滅絕的植物為主，其中包括數十種豬籠草種類。在亞熱帶島嶼被悉心完好照料的溫室中，以機械噴灑水霧模擬雨林的潮濕黏著度，我拍了許多照片，後來又盡數刪去。數量龐大的豬籠草在「保護」之下滌盡淫蕩兇猛，失去野性，像是花市盆栽一樣呆板陳列。在這座以玻璃打造的植物諾亞方舟裡，生命得以延續，卻是被規馴得厲害，如同我父多年來水土不服的移植後遺症，在他最痛恨的那一片方塊字莽林中埋伏著伏虎與群象，隔岸唱起賽蓮之歌，野豬終要渡河，成全那畸零鰥寡的頑皮家族，他寫作的女兒，可以在這裡像水獺一樣築巢，繼續淫蕩兇猛下去。

荒原

位於山腰的廢棄空屋，青草長到半人高，車剛停下來，就引來屋內激烈犬吠，喧騰一陣後，又回復原狀，山和屋更靜了。

一排棄屋，其中兩間，收拾得稍具「人居」雛型，邁過半人高的雜草，拂過草尖露水，方能登堂入室。野生的綠，溫柔且暴烈，柔韌的意志，過了頭便成猙獰，僅能以層層水泥封堵。山區連日大雨，防堵嚴密的室內地板汪著一灘水，不小心踩下去，噗滋有聲。屋主蔡明亮不在，來應門的助理調好蜂蜜水，帶我們上二樓郊遊、看片。二樓通鋪無隔間，鋪上木頭地板，書和電影沒想像中多，正中央突兀地擺上一張按摩椅（彷彿是《郊遊》裡的那一台）。

電影開始，也是空屋，孩子睡覺，女人梳頭，幾乎緩慢不動的長鏡頭。忽然，有陣聲響，來自畫外。電影裡的小康還未出場，電影外的李康生，剛剛擦身而過，大病初癒的他，打著赤膊，扛著幾根木條，像個工人敲敲打打。上次見他，正剁好一鍋雞頭，公雞的肉冠肥厚如手掌，拿去餵他的寶貝獒犬，狗媽媽與四個兒女，共享隔壁的空屋，怕駕馭不住，一次只牽一隻出來，站起來像一匹小馬。

為了通風把窗打開，忽而一陣急雨，潑灑進來，濕了一塊木頭地板。畫內的起點，草叢間擱淺的木舟，微量的水，父親撐篙，載著一雙兒女，哥哥天藍妹妹粉紅外套，穿過樹根，航過下水道涵洞，最後停泊於，車流沖積出的，安全島上的畸零地。

穿著黃雨衣的舉牌人，從早到晚被種在那裡，一棵沒有表情的樹。

◆

父親很早就讓我明瞭，城市如荒原，必得步步為營。

出門必得換好鞋襪，衣著整齊，在我城，總像去別人家裡作客。星期天早上，只是下樓買份報紙，他依然一身熨好的襯衫西褲，每晚以鞋油潤澤的皮鞋。他不肯跟樓下的雜貨店買，寧願多走五分鐘的路，到街那頭的便利商店買。一則他節儉成性，有發票，可以對獎。二則他總覺得，雜貨店老闆，樓下鄰居的眼光不懷好意，他總懷疑，他們在背後叫他「印尼人」。儘管他國立大學畢業，有份吹冷氣坐辦公室的白領職業，然而這塊島嶼上的人（比他原鄉島嶼小得多，他生長在婆羅洲，世界第三大島），任何一個販夫走卒，穿短褲打赤膊的，都可以輕薄他。

父親的脖子短，像藝人高凌風，不用假裝，就顯得一副唯唯諾諾，近幾於卑躬屈膝的模樣。在路上看見野狗，他也覺得牠們瞧他不起，他長得不高，遇到較強壯的就拿石頭丟，遇到瘦骨嶙峋的就大膽用腳踹，野狗哀鳴而逃，在他心底就浮起了一點得意。城市如荒原，必得步步為營。

父親被種在安全島，動彈不得的那段時光，男孩和女孩就在大賣場蹓躂晃蕩。在裡頭彷彿沒有季節時令，但知道到了夏天，就有源源不絕的冷氣。冬天，店員下麵煮火鍋，試吃不斷，兄妹輪流排幾回，就飽了。無論四季，廁所裡都有清水、衛生紙、洗手乳、烘乾機，只要花一點時間，就可以弄得乾乾淨淨，把街上的痕跡擦拭、泯除。維持基本清潔，天藍粉紅外套不弄髒，蓬鬆柔軟如天邊雲朵，就不會被當成乞兒、驅逐出境。

女孩在大賣場廁所裡洗頭，淙淙水聲，父親在竹林裡尿尿。竹林不在化外之境，在境內，一大片工地，樣品屋外附庸風雅栽了一片翠竹叢。竹叢外就是裸露的鋼筋水泥，落單的鴿子在泥濘中踱步啄食。荒地上種下一排樹木，光禿細瘦如竹籤，夏天遮不了陽，寒風一來樹葉飄零直打哆嗦，一陣抖落，什麼都不留。

一開始在台北定居，父親選擇了租金便宜，位於低窪處的集合公寓。家裡的牆壁常生壁癌，浮雕在天花板上，晚上關燈，像個鬼臉。有面牆接著隔壁的廁所，濕氣滲透尤其厲害，漆上油漆的牆面下，沒多久，就有多條毛蟲蠕動，破繭而出的那一刻，飛出來的不是蝴蝶，瞬間化為齏粉。父親索性將整面牆都黏上浴室用磁磚，一勞永逸，但沒多久，絕地逢生，壁癌又從磁磚縫鑽出，一條一條肥白的蠶，用手輕輕一抹，復又化為齏粉。

父親的家鄉在赤道經過的婆羅洲南方，陽光橫征暴斂所有濕意，那裡的水，要花錢一桶一桶買來。水土不服表現在，父親於陰濕的北方，在他始終淡褐色，不曾因坐足冷氣房而漂白的皮膚上，不時長癬，開出一朵朵壁花。父親始終痛恨這多雨雲霧之城，暑假一到，就領著全家彷彿游牧的駱駝商隊，到馬來亞，到赤道的烈日下烤一烤，逼出陰鬱的、軟綿綿的、無病呻吟的濕意／詩意。

赤道是父親的鄉愁，在陰濕的北方盆地，他總鬱結、浮腫著。他的兒女降生於陰雨之城，個性閉鎖不外放，習慣屋子生癌，習慣總也晾不乾的潮衣，也習慣水以各種形式滲透侵逼，大水淹漫，小水滴漏，春天綿雨，夏天陣雨，秋颱夾帶水氣，冬流寒進骨髓。水沖散一切，失根飄零，疆界漫漶不定，身分無法定義。終究你了解，你們與父親所在，不只是一座四面被切斷聯繫的孤島，還是漂浮不定的浮島，像中世紀被放逐的瘋人船，勉強搆著城市的邊沿，有時近，有時遠。

◆

曾經在熱天午後，無所遮蔽的交流道旁，遭遇一個舉牌人。

每逢假日，車道旁就種滿了舉牌人，像菜園裡種滿包心菜，是一樣的道理。這個舉牌人和別的不太一樣，姑且叫他阿豹。阿豹渾身粉紅，甩著一條長尾巴，腳步輕快，不知是男是女，是老是少，是美是醜。阿豹藏在牠的一身密不透風毛皮裡，扮成一隻頑皮粉紅豹，頂著寶裡寶氣的大頭，笑嘻嘻地舉牌。

那天下午特別炎熱，陽光如岩漿澆淋，沒撐陽傘，直接潑在皮膚上，刺痛辛辣。我無法想像那一身皮毛的酷刑，人不能這樣對待他者，以任何名義都不行。我想起從前讀雷驤的散文，他寫到小時候在上海，有一組流浪藝人，雜耍人帶著一隻小熊討生活。小熊活潑精靈，於是沒多久便有這樣的傳言，說那頭小熊之所以那麼聰明，其實是拐騙了一個孩子，把孩子全身淋上焦油，再把熊皮剝下，黏在他的身上。

城市如荒原，必得步步為營。

城南抓周

停下風火輪般記者工作這一年，世界因為疫情幾乎整個停擺下來，暢行無阻的地球村復返為封閉隔離的部落。當世界大都會的戲院書店歌劇院等群聚場所紛紛暫停營業，在我身處島嶼當下的這個時空，像是封存於聖誕水晶球中，與外界的混亂隔絕，入冬後水晶球外的疫情數字像長途計程車跳錶不斷累增，早已解封的島嶼馬照跑舞照跳藝文活動未歇。深秋時節我在植滿楓香的中山北路台北光點看成瀨巳喜男影展，穿著優雅的老先生老太太提早來排隊入場，《亂雲》《驟雨》《流逝》，影片一開始，詩句般的片名，用娟秀的毛筆字寫在卷軸上，森雅之、高峰秀子是上個世代的金童玉女，追星結束後，老夫婦或許牽著手到附近巷弄老屋改建的日本料理店，燙一壺大吟釀佐一夜干對酌。

成瀨巳喜男影展上承布列松，下接金馬影展，台北一年四季總有追不完的影展，又以歲末最為緊湊。無業晃蕩的日子，我恢復學生時期跑影展的趕集模式，酗滿黑咖啡，在空隙間以御飯糰果腹。離職後，我的收入來源只剩下零星的演講和文學獎評審，平均月收入在一萬元上下，在台北要用這點薄錢生活，絕不可能。何以能有此餘裕？因我是二代台北人，住家裡沒有房租壓力，母親到了領勞退的年紀無須供養，養了幾隻貓但膝下無子，恰恰可過上一段縮衣節食的簡樸生活，把所有的餘錢都拿去買書看電影，像是又回到工作前的窮學生日子：儘管帳戶裡頭只剩幾千元，我仍然會將其提領一空，統統拿來買書。

一聞到新書的味道就要發狂，與我有同樣症頭的是明治時代的詩人石川啄木。石川在家鄉欠了一屁股債，拋下妻小，二十三歲隻身來到東京，經友人介紹，在報社裡做校對工作，上工第一天先預支薪水，要不然他連往返公司與租屋處的電車票都買不起。每當手裡有了一點錢，石川卻不是先拿去繳積欠已久的房租，也非寄去給急需用錢的妻小，而是流連於東京淺草，吃馬肉，看活動寫真，飲酒作樂，嫖妓過夜，他還喜歡逛書店，

買看不懂幾個字的外文書，他在短歌裡寫：「聞著新的洋書的／紙的香味／一心想要錢的時候。」（《一握砂》）

石川啄木只活了二十六年，最後在東京三年多的倒數計時，始終在極度貧困，與不切實際的奢侈之間劇烈擺盪。初到東京，來自鄉村的石川彷彿土包子進城，他手裡款著鄉氣的包袱，穿著不和時宜的棉製和服，東京街上的男士們腳踩尖頭皮鞋，石川的木屐底部被磨去了一半。石川遭遇西化摩登的明治時代，還包括電車這種新式交通工具，一開始他不知道如何乘坐，讓他產生極大的不安，這是石川進入「現代性」的頓挫時刻。日後他愛上搭電車，那是他唯一可放空的時刻，忘卻生活上的種種痛苦：不斷累加的負債、妻子頻頻寫信來要錢，問何時才能將全家人接去東京。越愁苦忐忑，越想逃避應盡的責任，石川就越不理性地消費，同鄉好友為了幫他付房租，把自己所有的藏書清空典當，還將唯一一件體面大衣借給石川去面試工作，大衣終究也進了當鋪，石川拿了當衣的錢，走進路過觀望已久的西餐廳，用刀叉吃了一頓牛排。

石川還喜歡花錢去看活動寫真，銀幕上才剛發明不久的螺旋槳飛機朝著觀眾席衝來，每個人都驚呼連連、側身閃躲，彷彿龐然大物真會衝破銀幕撞毀一切，觀眾席間無論是東京人還是如石川這般格格不入的異鄉人，都在奇觀視覺化的撞擊下得到共振同感，那是石川少數覺得融入的時刻。關川夏央、谷口治郎合著的《少爺的時代》捕捉了這一幕，坐在石川附近的是東京知名料理亭的小少爺石田吉藏，出門必有藝妓大姊相伴，年方十五已閱女無數。石川被少年的臉龐深深吸引，他在家鄉從未見過如此少年老成，陰鬱中帶著殘虐的氣質。交會的剎那，石川啄木還有三年就貧病交加死去，石田吉藏在二十七年後，被情婦勒頸割下性器身亡，女人名叫阿部定，日後被大島渚拍成電影《感官世界》。

二〇二〇年歲末迎來《感官世界》4K修復版，冷門異色片能一刀未剪在台北戲院上映，該感謝疫情下好萊塢英雄大片的封凍嗎？上次看《感官世界》是三十年前，九〇年代初，在信義路水晶大廈地下室的太陽系MTV，存放著幾千片黑膠尺寸大小的LD，彼時哪懂什麼藝術電影、大師名作，漫無頭緒地翻著碩大厚重的LD片翻到手痛，懵懵懂懂地拿起大衛林區《雙峰》影集、柯波拉《教父》、彼得格林納威《淹死老公》……總是一次挑兩部片，一通俗一經典，庫柏力克的《發條橘子》搭配恐怖片《半夜鬼上床》看完，於是懂得了皮相與內在的恐怖，原來是兩回事。

高一十六歲那年，先獨自看了《感官世界》，午休時咬耳朵說給同學聽，過一陣子帶著兩個同學勇闖太陽系，我們仨，包廂裡白衣黑裙清湯掛麵，片子好巧不巧卡住了，按服務鈴請人來修，男體女體從頭交纏到尾，阿部定連綿不斷的呻吟與飢渴，並沒有留下一丁點空隙給女高中生無地自容的羞赧。三十年後在大銀幕重看《感官世界》，老僧入定一絲羞赧也無，而是一一研究其運鏡、構圖、色調，片尾火燒金閣寺般地霞紅，在4K修復版本中顯得更為妖豔，卻喪失了當年的禁忌氣氛。

友人聽聞我十六歲就看《感官世界》甚為驚愕，過早開始的影齡，並無什麼家傳教養，僅是不快樂的童年，壓抑的成長歲月，被野放於藝文資源充足的台北，像幼獸般自生自滅也自給自足。想逃課就捏著嗓子假裝家長聲音打電話給教官請假，從母親皮包裡偷錢，夾帶便服出門，在公寓地下室藏漫畫的祕密基地將制服換下。彼時有少年隊警察專門捉蹺課學生，穿著便服在外遊蕩仍有凶險，出門便躲進MTV，連看好幾部影片直到昏天暗地。

再鑽出太陽系的地洞已是下班尖峰時刻，的確已昏天暗地，從母親那裡偷的錢已經花得差不多，但晚上還有幾個小時要耗，來到家附近常去買文具卡片的金石堂，離十點打烊還有三個鐘頭，曠男怨女的羅曼史一本接一本地翻，終有翻膩之時，晃到志文出版社的書櫃前，《脂肪球》這是什麼奇怪的書名呀？原來是形容一個交際花的身材，「她身材矮小，到處都生得圓圓的、渾身充滿脂肪，肥胖的手指在骨節處緊縮起來，彷彿是一連串短短的臘腸。」（黎烈文譯）不同於茶花女的纖弱病體，脂肪球的胃口很好，在乘坐公共馬車的遠行途中，只有她準備豐富的吃食，有烤好仍浸著湯汁的春雞、鵝肝醬、燻牛舌、葡萄酒……車裡的「正經人」原先都瞧不起她，脂肪球慷慨地與高等人分享她的食物，待香氣撲鼻的食物一一入肚，高等人一個轉身就把她出賣踐踏。在費玉清的晚安曲響起之際，少女吞下《脂肪球》的最後一段字句，懷著莫可名狀、湧至喉頭的悲傷，在回家的路上，暫且忘了對父親的懼怕，而是沉浸於文學所帶來的浪潮，一波接一波，撞擊著她的心靈，從今之後，便可在此安家。

一個月只要有三十塊錢，
在鄉下就可以安樂的過日子——
忽然這樣的想。

——石川啄木《可悲的玩具》

明治四十二年，石川結束浪蕩的日子，終於將妻子與母親接來東京同住。兩年多後，更加貧困的石川，在友人的幫助下出版詩集《可悲的玩具》，換取微薄的版稅，為營養不良的家人和自己買些保養品。沒多久，石川和妻子接連因病去世。

來自婆羅洲的父親在台北安家，首先是彼時低窪常淹水、中南部移民的聚居地劍潭。小學二年級時，跨過基隆河，父親舉家遷往市中心的城南，台師大一帶的文教區，他帶著全家人在師大校園，指著他上過課的教室，那是他少數眉頭舒展，沒讓我那麼懼怕的時刻。在北回歸線以北，來自赤道南洋的物種，水土不服、適應不良，父親艱難地把根扎了下來。語言文字只是父親在航空公司謀生的工具，他撕毀我桌上的作文比賽獎狀，看到我在讀國文課本就不悅（也許與他過往的僑生陰影有關），他是暴戾之王，將我逐出門外，放逐到遍布書店、唱片行、ＭＴＶ、電影院的台北城南，宛如抓周一般，與城南的藝文資源隨機相遇，自己教養自己，於是，長成今天這個模樣。

憂傷的年代

從舊家找出這一本書，扉頁寫著兩行字：「1989年5月28日購於金石堂／於1989年5月28日傍晚讀完」。稚嫩的筆跡，裡頭時不時畫著粗黑歪斜的線，標記這樣的句子：「一定會有悲哀的事情要發生，因為一個人在世上不能這麼高興的」。當時我幾歲呢？以歷史事件的時間刻度銘記，再過不到十天，就是六四天安門事件，到了年底，柏林圍牆倒塌，一九八九年，「逢九」必不平靜，無疑是暗潮洶湧的一年。於我，這個剛讀中學，頭髮被一刀剪成齊耳西瓜皮，塞在不合適自己，總是過長或過寬的校服裡，彆扭、格格不入，軀體與靈魂皆是。

我已經不快樂很久了，儘管接下來在地球上其他角落發生的事，幾乎將世界翻了兩翻，亦絲毫不能撼動我。那本在書店讓我罰站一上午，最後決定把它帶回家，飢渴到當天火速讀完的書，是蘇德曼的《憂愁夫人》。我記得，依稀記得，在這之前，已有許許多多次，在閱讀中被觸動的經驗。納博訶夫最早的記憶是：才學走步的他，被英俊高大的父親和美麗的母親牽在中間，走在花園的小徑上，被這一對壁人守護著，他感到無比的安心，卻不知，等在後頭的是接連的噩運，與永遠的放逐，鄉關何處？我則是：母親買了一套故事書回家，我還不認得字，卻極其興奮地不斷把書拿出來翻，聞聞它的味道，又收回去。那套精裝書重且沉，還是幼童的我拿著有些吃力，但那真是甜蜜的負荷。整個過程像一段泛黃的家庭紀錄片，常在我腦中播放，甜美的剎那，真像川內倫子療癒系的照片，在整個黑白的童年裡，那是唯一被抽取出來的粉紅小確幸。

在遇上《憂愁夫人》之前，西遊記、七俠五義、怪盜亞森羅蘋、神探福爾摩斯，或者是一雙小姊妹遇船難漂流到荒島上，救生艇上還有比她們更小的嬰孩，大小孩要照顧小小孩，小姊妹發揮極大的潛能，在荒島上生存下來，且像小媽媽似地堅強、勇敢，曾經我極愛這樣的船難荒島故事，那時還沒有《少年P的奇幻漂流》，沒有最後回到現實的殘酷，都是皆大歡喜的結果。一言以蔽之，就是逃遁，逃遁到英雄奇俠的傳說故事裡。《憂愁夫人》像是道分水嶺，第一次在書裡照見自身。保爾出生在家道中落、面臨破產時，來得不是時候，父親憎恨他，母親從此鬱鬱寡歡。保爾上有兩個哥哥，知道最好的時光是怎麼回事，紈絝子弟的習性未除；下有兩個妹妹，既已經來到最壞的低谷，何不及時行樂，恣意妄為。唯有保爾卡在縫隙之中，成了「多餘之人」，總是皺著眉頭，哀愁的臉，壓低自己的需求，攢錢為哥哥準備出席宴會的外出服，為愛漂亮的妹妹們再做一件裙子，而他自己，唯一的外套要用煤灰塗黑，以免露出補丁與綻線。總是個局外人，站得遠遠地，看妹妹在宴會裡和常欺負他的男孩們調情，看心儀的人和體面的紳士翩翩起舞。他不屬於那裡，不屬於音樂、香檳、舞會、愉悅的臉容、漂亮的人們。他的眉頭一鎖，總是能知覺到，神話傳說裡的憂愁夫人，她的灰色裙角從林間閃過，她的灰色羽翼垂落，遮蔽了他所有幸福的可能。如同班雅明之於他的「駝背小人」：「我想走進廚房，給自己盛一小湯碗，那兒站著一個駝背小人，他會把我的碗打碎。他出現在哪裡，我就會變得兩手空空。」

那個年紀的憂傷是怎麼回事？我很想問問生活在一九八九年的她。

七十歲的波赫士，曾在他的小說裡，和十來歲的波赫士在一張長椅上相遇。如果能有那張長椅，能有蟲洞書簡，我也許會這麼說：這麼多年之後我未曾忘卻，但不再逃避，那些憂傷我都說出來，也寫出來了。

紙屋

對於一個愛書人而言，最大的美夢，就是住在一間被書環繞的屋子裡。像卡內提的《迷惘》，鰥居的老教授有著上萬本藏書，卻睡在一張簡陋的行軍床上，早上起來即速速將之摺疊收起。他不能容忍，在白日清醒的時刻，有任何不必要的家具、異物，橫亙在他和書本之間。更極端的例子，在卡洛斯．M．多明格茲的《紙房子裡的人》中，也有一個讀書瘋子，他來到世界的盡頭，阿根廷南方的一個無人沙洲，建造一座簡陋的茅屋，填充在其中的，是紙漿凝固而成的書磚。宇宙洪荒、上下四方，一磚馬奎斯、一磚喬伊斯，砌起名副其實的書屋。

對於一個愛書人而言，最大的惡夢，同樣地，也是住在一間被書環繞的屋子裡。如我這樣一個治家無方、散漫成性的女子而言，開箱整理我的藏書，從來不是一件容易的事。讀書人愛書、惜書，卻不一定懂得理書，無能於分門別類、控制總量。書原本只貼牆站立，後來排起奇門遁甲，瞻之在前，忽焉在後，如影隨形，走到哪，書本就跟到哪，後來，還跟著上床，占去了雙人床的一半，稍一翻身，就將海明威、曹雪芹抱個滿懷。

書磚砌起了一層、兩層、三層……有如愛倫坡小說中被活埋的恐懼，困守其中的，除了黑貓、屍體、死去的新娘，還有迷宮中央的那頭嗜書怪獸，得等有人循著線頭前來解救。多明格茲說，在裡面待久了，「你可以從他那像羊皮紙色澤的皮膚看出中書蠹的症狀」。是迷宮，也是沙丘，如今有種房子的材質更適合我，借用波赫士《沙之書》或者安部公房，我是沙丘之女，書並不會作為牆來抵禦什麼。它是流動的，液態的，而非固著的，只會層層新沙蓋住舊沙，再覆蓋我。每次買了新書，我就不想回家，不想回那沙丘魔堡去。開門的一剎那，一束書，便化做一掬握不住的塵土，不斷從指縫間流失、滑落，瞬間沒了形體，溶入背景之中。下次不知何年何月，我再把它們鏟出來，當時的興致已恍如隔世。

書或橫陳，或直立，或疊羅漢堆放於牆角，或隱匿在某個未知的畸零地，和我捉迷藏。有時候，明明在眼前，也像昆蟲忽而轉換為保護色，就是不讓我找到。時常我為了一本書上窮碧落下黃泉，耗費數小時，翻箱倒櫃仍未果，面對滿室狼藉，不免生出一種徒勞，求不得的戀人哪，最教人魂牽夢縈。

對於書的迷戀，延伸為對紙張的迷戀：書籤、戲票、火車票、明信片、舊報紙、隨手寫的小紙條、路邊拿的宣傳單、郵箱裡的廣告信、新衣的洗滌說明吊牌、有著商品明細的購物收據、禮品包裝紙（細細拆開，再將之撫平摺好收妥）、中學時的學校週記、考卷、獎狀、成績單、撕掉又撿回黏好的日記、沒寄出去的情書……惜字敬字的時代已經過去了，我仍不捨丁點大的碎紙頭，像是突然閃現的籤詩讖語，文字有靈，字紙有神。

有時候，揭開一本塵封已久的書，一尾銀魚游過。通體銀白，無翅亞綱纓尾目，喜潮濕，避光，尤喜食書背接合縫線有漿糊處。先不想對書可能造成的禍害，我忍不住對牠寶愛了起來。或許我如那蠹魚，性避光，喜食書，在書磚築起的紙屋中，終日啃食，而無糧食匱乏之憂。

回望青山的可能位置

帶一本書上火車，來到東海岸一間背山面海的民房，開卷展讀。房子在大洋之濱，由主人和幾個原住民朋友徒手所蓋，下盤以磚石打底，好抗太平洋強颱，腳重而頭輕，木造屋頂挑高透氣，好耐炙夏高溫。一早主人扭開屋頂的灑水器降溫，水沿著屋簷，高高低低，滴滴答答，織成一片雨簾。屋前的庭埕搭了花架，有時爬鵝黃絲瓜小花，有時爬粉紫鄧伯，陽光從爬藤間篩落，碎散成一地金沙。

我在花棚下讀一本建築書，金沙投影在我的書頁上，一陣風起，紛紛跳躍如金兔。書讀累了我就抬頭，看水滴落的樣態，剛好來到這句：

「而我感興趣的是，如何清楚交代雨水從屋頂最高處，歷經曲折路徑，最終到達土地的過程。」

入夜，我在燈下繼續讀書，垂落的燈具纏滿一種柔韌的蕨類「海金沙」，傍晚海濱散步時，主人說，這是種柔韌的蕨類，以前賣菜的小販，常在路邊摘取，用來綁縛蔬果，而今皆被橡皮筋取代。屋內燈罩皆為主人隨手取材，有魚網、斗笠、也有貝殼串接而成，主人說，沒有任何一個是花錢買的。海金沙織成的燈罩，從初摘的翠綠，時間久了枯脆成一片淡黃，另有一番情態。天色暗下，濤聲退遠，房子被包裹在山間密林裡，濃稠得化不開的夜，彷彿沉在海底，海金沙燈彷彿漆黑鯨腹中的一盞燭火，光暈含蓄蘊藉。

「中國傳統建築裡的光線我稱之為是沉思性的，比現代建築裡的光要暗一些，暗一點的光線是會讓人想事情的，是思想的光線。」

我並沒有跟屋子的主人說，我正在讀的《造房子》，竟然能完完全全應和這個環境，這間隱匿於東海岸，徒手搭建的簡樸屋宇。《造房子》的作者是普利茲克建築獎得主王澍，他說：「一般來說，我偏愛小建築，低等級的，無權力的，甚至匿名的。」

◆

王澍在二〇一二年獲得建築界的最高榮譽：普利茲克建築獎，但他至今不會用電腦畫設計圖，他的英文不太行，沒想過與「國際」接軌，他不上網不開車，生活以西湖為圓心，訪友、觀亭、喝茶，每日觀古畫、練書法，像個古人。

王澍的傳統不是拘泥的、守舊的傳統，他也讀索緒爾的語言學、李維史陀的結構主義人類學，好去聯想建築中的結構。他讀法國新小說霍格里耶的《嫉妒》，好感受空間裡的視線移動：「在那篇小說裡，自始至終沒有人出現，只讓讀者聽到有汽車經過，停下，一會兒又開走的聲音。讀者意識到陽光在屋子裡移動，最終你意識到有一個人嫉妒的目光透過百葉窗向內窺視。」

王澍本身的「受教」過程傳奇，他讀南京工學院，當時的校長是錢鍾書的弟弟錢鍾韓。錢鍾韓對學生說要敢於反叛：「如果你提前三天對你所上的課做認真的準備，你在課堂上問三個問題就有可能讓你的老師啞口無言，下不了台。這樣的學生才是好學生。」

王澍都聽進去了，開始窩進圖書館，讀那些課堂上沒教的東西。大二，他就開始放話，「已經沒有老師能教我，因為他們講的東西和我看的東西一對比，膚淺、幼稚、保守、陳舊，就這八個字。」迎面走來，他鋒利如像一把切開寒風的刀。

碩士畢業時，王澍的論文題目是《死屋手記》，批判學校的建築系與整個中國建築界的現狀，結論是：「建築師需要有一種悲憫的心情。」論文口試高分通過，但學校發學位的委員會卡著不准過，王澍一個字沒改，印了五本放在圖書館任人翻閱。留下雪泥痕跡，但最終，他沒有帶走學位。

少了學位，注定錯過中國經濟改革開放，建築界大興土木的淘金年代。狂之後接著是狷，他說：「這個時刻我選擇退隱，因為我不想做很多東西來禍害這個世界。」王澍和李安一樣，靠老婆養家，有七年時間他打零工，在工地跟匠人學習：「我當時對自己說，一定要看清楚工地上每一根釘子是怎麼釘進去的，全部要看清楚。」他喜歡像個木匠似地自己鋸木砌磚，創立「業餘建築工作室」，起名業餘，因為可以隨時工作，也可以隨時不工作，時常一歇息便是個把月，千金難買王澍絕對的自由。

得了國際大獎後，他的步調仍是緩慢，時間空出來，讓他可以進入水墨書法，讀《營造法式》、《江南園林志》等古書。或者純粹放空：

「我曬太陽，看遠山，好像想點什麼，好像沒想什麼。我能這樣度過整整一天。你能看到，春天，草變成很嫩的綠色，心裡一癢。當我用一種緩慢的、鬆弛的、無所事事的狀態來看它的時候，就不一樣了。」

他甚至花很多時間看下雨：

「雨怎麼下，從屋脊順著哪條線流下來，滴到哪裡去，它最後向哪個方向走。你會對這種事情感興趣。你就會想，有沒有可能做這樣一個建築，讓大家清楚看到，雨是從哪兒下來的，落到哪兒之後流到了哪兒……每個轉折、變化都會讓人心動。」

在王澍的建築裡，始終有個「觀察者」隱匿在看似客觀的磚石梁柱間：「在我造的房子裡，即使只有你一個人，你以為你在獨占著它，但那個人類觀察者已經先在」，觀察者不是一個高高在上的人，他並不俯瞰，「他的存在讓正在發生的日常生活染上某種迷思性質。」

在這層意義上，房子不是購買後獨占的商品，看待房子、土地的不是投資炒作的貪婪眼光，而是身在其中、曲徑幽深的低迴與輕嘆，關乎人的存在狀態，關乎尊重先來者，謙讓原居民，無論那是一棵樹，一座樹，一片蘆葦，或者原本在此耕作的農民。

以王澍的代表作「中國美院象山校區」為例，校園十分「突兀」地與堤壩、河坎、池塘、水渠、農田共存，如果沒有這些，「我們的建築就如植物無處扎根一樣。」只因溪流魚塘早已先在，建築完工後，匠人的任務還包括，讓溪塘邊原有的蘆葦復種。校園建築以外的土地，租給土地被徵用的農民種植，學校不收地租，唯一的條件是不許用農藥和化肥，「一道 200 米長的水渠，連接河流，橫穿校園，既是景觀，也給農地和池塘供水。」

成為世界級的建築師後，王澍依然把工作室安在江南，而不是在第一線的大城市：「我選擇待在杭州，因為杭州平淡。」他至今依然少接 case，維持寡欲的物質生活，但接下教育重任：中國美院建築系的院長。他讓學生一入學就要跟老師傅學木作，用樸實的「興造」取代時髦的「設計」。

他蒐集中國這幾年來大量拆屋的舊瓦片，拿來建造寧波博物館，建好後卻遭到激烈指責，說他執意表現破落。王澍的反駁是，「博物館首先收藏的是時間」，新建築一落成就老了，片瓦疊成千百年的歷史記憶，老得讓人思古神往。

王澍主張以「營造」取代「設計」，他的靈光時刻是道家無為的，而非機械複製時代的產物。王澍在畫最重要的作品——象山校區的建築草圖時，休息時他會提起毛筆臨習鍾繇的《宣示表》。他的設計，喔不，營造念頭是這樣的：

「正在起伏的地勢，一個人可能的開門動作，他或她手握的門把手，院子裡可能發生的事件，那人回望青山的可能位置，或者還處於半途中有了些模樣的物體，一道透過披檐向下望去或向上望去的目光，很電影的場景。後來我在文溫德斯的一張照片中見過類似的場景，沿著建築的水平性伸向遠方的無限視野，從三遠法透視到一點透視的自覺切換，突然的扭轉、中斷、折疊，陽光入射的區域與角度，一個人的行動與眾人的行動，內與外，走進與走出……」

王澍說：「造房子，就是造一個小世界。」

一頭虎斑貓藏身熱帶水果叢

從九龍出發，乘渡輪過海，新買的皮鞋踩上甲板，在搖晃的船身上蹦跳，有種儀式感，靠岸後換搭雙層窄身叮叮車，在高樓峽谷間如輕舟划行，最後抵達西環。櫥窗裡擺滿風乾鯊魚翅，一一展開如透明扇形水晶，母親來這裡買一種白鳳丸，再帶上幾包椰子糖、棗泥核桃糕，移山倒海法術開始，母親爽利地剝下紅紅綠綠的玻璃糖紙，但糖紙不能給我，而是要拿來掩護藥丸過海關。剝除糖衣的糖果則統統歸我，吃完會鬧牙疼，然而再沒有像這樣感覺富足的一件差事。

這是我學齡前僅存不多的香港記憶，家庭主婦的母親為了補貼家計，來香港「跑單幫」帶貨回台灣賣，順帶拎上我。南北貨店鋪裡的鹹腥海味，能瞬間誘發我牙齦間的口水分泌，為了那偷天換日得來的糖果。

也有全家一齊出動的記憶，父親在航空公司做事，在淡季一家四口候補免費機票並非難事。父親是印尼華僑，有個同父異母的妹妹在香港，姑姑和父親一樣，都想逃離印尼，父親憑藉求學來台灣，姑姑倚仗婚姻去香港。個子矮的姑丈開巴士，早出晚歸，和華僑妻子勉力成家，生了三個好動的男孩，擠在窄仄的公屋裡。父親打消了在姑姑家打地鋪的念頭，轉而投宿旺角一帶的廉價旅館。那些旅館藏在黑深破陋的舊唐樓中，住客大多是南亞人，瀰漫著濃郁的印度檀香，旅館的浴室共用，常看見包著錫克頭巾的印度人赤裸上身挺著大肚子。樓下的水果攤檔有隻虎斑貓，窩在山竹蛇皮果這些南洋水果裡，總能藏得很好。

我後來才慢慢覺得，不為探親，不為帶貨，為什麼反覆地造訪香港，因為這是父親南洋的接點。

印象深刻的還有旺角旅店附近的那些街名：黑布街、白布街、洗衣街、染布房街⋯⋯在我城，街名從來不曾是「動詞」，只有動詞才能提供生動想像，我城的街名依東西南北大量複製中國地名，我住在台北南區的晉江街，附近有南昌、南海、金門、廈門、同安、泉州街，都是中國南方地名。沒有歷史感的記名，儲存不了先住民的記憶，如同《神隱少女》裡被封存在水泥地底的河川，我城真正的身世不見天日，日久便被遺忘。

關於洗衣街，董啟章《地圖集：一個想像的城市考古學》說：「位於旺角區的洗衣街，在芒角村未開發之前是一條小溪，水源來自北部筆架山，溪水用以灌溉附近一帶的花圃和菜田。一九二〇年代芒角村水田平整，發展為住宅區，居民多在此溪畔洗濯和晾曬衣服。洗衣漸漸地成為一個專門行業，不少當地婦女也靠此維生。」

《地圖集》還提到同在旺角的通菜街與西洋菜街，同屬早年芒角村的水田地帶，通菜不耐寒，是夏天蔬菜，西洋菜則相反，此地農民夏天種通菜，到了秋天改種西洋菜。兩條街一開始其實是同一條街，由於長年輪流耕作，居民在春夏把這條街稱為通菜街，到了秋冬則成了西洋菜街。如果在夏天寄信，地址填上西洋菜街，信件便要在冬天才能寄達。美麗的錯誤所形成的通訊時差，在古早農業時代，居民樂天知命，並不抱怨。

二〇〇七年夏天，睽違多年後重返香港，進入千禧年後的新時代，部落格、推特、噗浪、臉書交織出無親緣的人際網絡，不須再牽著母親的衣角，我有了比親人還親的香港朋友。N來離島機場接我，帶我乘機場快線轉地鐵，灣仔站出。從地底鑽出，第一眼接觸到的是莊士敦道上的龍門大酒樓，紅綠燈叮……鈴鈴鈴，如奪命連環call般地急響催促著我，時間再不等人。利東喜帖街上只剩零餘的燈火，大部分的窗櫺，都被打了大叉叉。街角處有咖哩魚蛋的氣味，在我隔年重訪後，改賣台灣珍珠奶茶。可一路通往灣仔碼頭的天橋下，有浪人牽著大狗，炎夏到7－11門口偷點冷氣，N後來告訴我，浪人被驅趕，所養的幾條大狗被強制抓走，我聽了心中一緊。

穿過太原街就是N的家，日後我來到香港，每每借住的地方。搭電梯上高樓，第一眼撞見的窗景，是圓塔形狀的和合中心，是逼近的綠色山壁。將密閉窗關上，就可以將樓下攤檔的叫賣聲阻絕在外，那些我剛才拖著笨重的行李，挨擠穿過的金魚、花木、玩具、童裝、睡衣、褻衣、陽傘、帽子、襪帕、青草藥膏、木頭刻印……像小木屋一樣的綠色攤檔，白天枝椏伸出，絲襪圍巾披掛一身，四面招展，晚上將貨物吞吐入肚，街道回復清寂，高樓裡的看更正瞌睡著，白日的熙攘彷彿只存在夢中。

我來香港總在夏天，太原街的那家蛇王趙也總在夏天歇市，如同夏天寄信到西洋菜街，始終查無此人的缺憾。弄蛇人隻手抓蛇的圖片還高懸著，層疊的蛇籠暫無住客，夏天的蛇店另租給人賣童裝，小女孩的粉紅蕾絲裙襯著空蕩的蛇籠，有種說不出的詭異感。

台北也有一條太原路，在後火車站一帶。五星級飯店、百貨公司林立的前站繁華富庶，後站則是五金塑膠化學原料的批發集散地，店鋪裡塞滿不知做何用途，卻支撐日常運轉的大小零件，店裡的燈泡總不足光，黯淡灰濛卻接了地氣。

住在雲林、高雄的中南部人北上打拚，自然不會往前站去，而是從後站出，巷間弄亮著紅燈的廉價小旅社成了異鄉人的指引，放下包袱後，街邊那些賣蚵仔煎、魷魚羹、滷肉飯、炸雞捲的食攤，也是同樣從鄉村先來一步的老鄉，用家鄉食物暖好胃，才能長出力氣，到大橋頭下的苦力市場，被建築工地的工頭挑了去。

灣仔的太原街、交加街、石水渠街所交織出的傳統市集，東有金鐘、中環，西有銅鑼灣的時代廣場，高度資本主義具體顯現的大商場中，不知今夕是何夕，彷彿洞天府地葫蘆仙境，再無晴雨日月人事更替。灣仔的攤檔小鋪夾在兩高峰間，凹陷成低得不能再低的谷底。在谷底，臘味鹹魚掛天邊，魚蝦血水溢腳下，製麵店揚起粉塵，快刀削下的菠蘿皮淌出蜜汁，甫出爐的蝴蝶酥餅塗上糖霜，沒有用塑膠袋包著，金黃色澤的翅膀閃閃發亮。

小店小鋪的營生，不必隔著塑膠膜感知的生鮮活跳，讓街道有了脈搏。粉麵廠夜半大米磨成漿，輾磨蒸切至天明，沙河粉、全蛋麵、菠菜麵、蝦籽麵，營造法式，天工開物，具體而微的灣仔市井小世界。

前鋪後居的小店鋪營生，同樣在台北的太原路流轉不已，同賣金銀飾品的一兩家，過去是同賣化工儀器的三四家、再過去是同賣五金材料的五六家……門前車馬稀，一旦上門的都是以斤起算的批發商熟客，將貨物就近裝載上火車，開枝散葉到全台灣各鄉鎮去。

小店鋪做生意總帶點人情，熟客去零頭，街坊塞把蔥，對「差異」的容忍度也寬廣些。中南部移民有了二代三代，逐漸落腳台北，後車站成了另一候鳥族群，從菲律賓、泰國、印尼前來的外籍移工的新去處，在原本的五金行、化學行以及金銀飾品店中間，偶爾也點綴幾間南洋雜貨店、飄著咖哩薑黃香味的小食鋪。

走一趟台北後車站，彷彿又回到童年時，父母拎著我前去的香港，在那並不光鮮亮麗，行道樹不被修剪得那麼厲害的前現代世界，人人身上的差異如枝椏舒展，互不碰撞，各安其位，如同一顆鹽粒融入海洋、一片落葉回歸樹海，一頭虎斑貓藏身熱帶水果叢，是那麼自然而然。

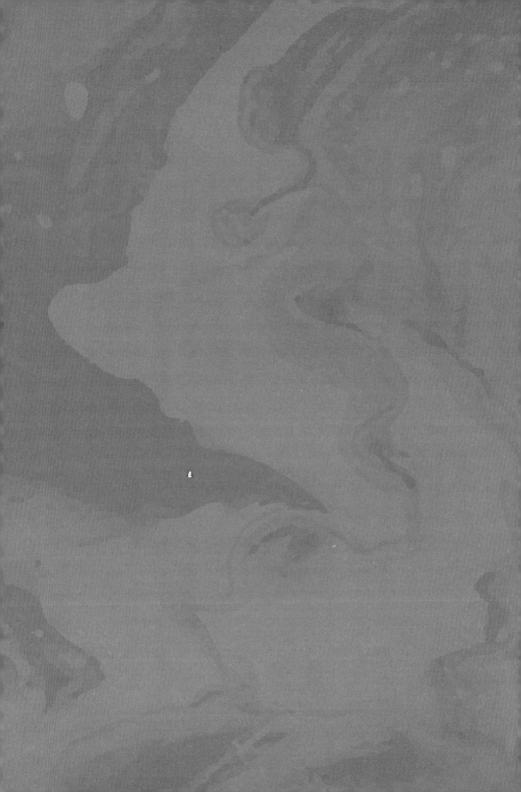

輯五

盡頭

太初有字

在一碗缽中，有蠍子、蛤蟆、蛇、蜈蚣。

平時野放於自然，它們各因習性，有其地盤與領域，彼此之間無傷無礙。有心人將其一一捕捉，置入缽中供人「觀賞」，於是蠍的毒針翹起，蛇昂首吐信，蜈蚣百足躁動，蛤蟆泌出毒液。

曾經我也挨在碗口邊沿，坐看廝殺。只要你願意看戲，臉書上日日有戰役，一年半載會來一次最慘烈的大屠殺。在特別污名的事件裡，蠍子毒蛇早已不是那些當事人，而是聞風而至的從眾。

戰役初始，雙方還沒卸下文明的痂殼，先攻智識，「87分不能再高了」，87是白癡的諧音，這是起手式。

戰役若拉長一點，外圈看熱鬧的人散去，留下內圍的「忠實觀眾」，皆非局內人，但都入戲三分。對戰雙方浸泡在彼此的毒汁中，互取調笑的諧音綽號，竟能有種相濡以沫的默契。逐漸熟悉後開始百無禁忌，本能性地拿對方的身材長相來貶抑，醜八怪、大肥豬、平胸女……，變得像幼稚園的小吵小鬧，一扯辮子就要切八段的那種。

有個長達一年的「戰場」，我不曾浮上來按讚或留言，只是默默地潛入酣戰未休中每一個人的臉書，看他們究竟是些什麼人？有些只是空殼，專門開來罵人的帳號，要這麼不辭勞煩地釘住一個人，恨到了極致，你可說他情意堅貞。有些有真面目，有家人朋友，臉書上有聚餐出遊等日常生活，還不乏素樸的正義感，社會運動的最大公約數如洪仲丘或太陽花，震盪會傳到他那裡去。

一個一個好人，一個一個在生活中行禮如儀的人，在缽裡鬥出死活。有一天，我決定我不要再看了，蠍的臉書上，有他和十歲女兒的合照，當蛇對蠍說：「你的女兒看起來很可口，你最好不要讓她離開視線，小心落在我手上。」倉頡造字，天雨粟，鬼夜哭，文字創生至今，盡頭處有道紅線。蛤蟆與蜈蚣繼續圍攻那蠍，和蛇一起，輕易地就越過終點線。

◆

《第三帝國的語言》的作者 Victor Klemperer 是納粹時代的德國猶太人，因為娶了一位雅利安妻子，所以倖免於開向奧茲維辛的死亡列車。Klemperer 原本是在大學教書的語言學家，戴上黃星後，他不能再保有任何書籍雜誌，也不能去圖書館借書，十二年裡他無書可看，只好看政宣標語與傳單，當成研究素材。

毒素滲透語言，往往不知不覺，且比其他實體的事物更持久。戰後，一個集中營的守衛接受審判，在庭上他不自覺說出，自己負責看守的那十六「隻」囚犯，以及最後「腐屍利用」的處理過程。原本用於畜牧業的「腐屍利用」，成為集中營中通行的行政語言，進毒氣室前先剪頭髮，大把剪下的頭髮織成軍毯，有其實用價值。

要在幾年內殺光歐洲的猶太人，最困難的不是毒氣室等硬體夠不夠，而是執行者的心理素質，一旦讓盡忠職守的人相信，他手上待處理的只是「物件」，而非有靈魂的人，齒輪便得以運轉起來。集中營裡的屠殺字眼不用「幹掉」（niedergemacht），而用「結清」（liguidiert），結清是商業用語，就像當今的網路購物，最後總會回到購物車結清、歸零，下次繼續。

讓人成為物件，需要潛移默化的工夫，物化之前，是成為害蟲，卡夫卡的《變形記》像世紀災難前先寫定的讖言。在元首呼告式的演講中，猶太人首先成為猶太小人，是德國童話裡駝背小人的變形，帶來厄運的象徵。猶太小人偷偷摸摸、鬼鬼祟祟，那身影逐漸具象化，成了傳染黑死病的老鼠，獐頭鼠目的傳單貼滿大街小巷。

將猶太人的變形記倒推回去：在被焚燬的物件之前，是吸血扁蝨與黑死病疫鼠；在害蟲之前，是猶太小人；在搗蛋的惡精靈之前，是扁平足、歪鼻子的劣質皮囊；在醜陋的外表之前，是狡猾、刁鑽、說謊、懦弱的性格。

「狡猾、刁鑽、說謊、懦弱」，出現於一九三三年希特勒剛上台的說詞，猶太人尚且還是個「人」，是帶著性格缺陷，行事卑鄙之人，這是醜化的開端，不太嚴重的「批評」，也常出現在當今台灣的選舉攻擊語言裡。在納粹德國的初始，有誰看得到包藏的禍心？

Klemperer 的大學同事，一群高知識分子看不到。當希特勒持續發表詆毀猶太人的言論，一位女同事寶拉叫他不要看報導，去度假：「你眼下會覺得很委屈，那些瑣碎的美中不足的事物，轉移了你的目光，令你看不清事物的本質。然而這麼偉大的改造工程出現一些小問題，是無可避免的。」

寶拉受過良好教育，在系上教授的是寫作。這次談話不久，Klemperer 被趕出大學，到工廠做工。他再次見到寶拉，是在一九三八年三月十三號，那天納粹併吞奧地利，

Klemperer 在人群裡看見寶拉，她陷入沉醉癡迷的狀態，「她的眼睛放光，她的姿勢不同於別人的立正，而是一種痙攣，一種迷狂。」

第三帝國的語言，除了「結清」、「根除」（ausrotten）此種斬草除根的字眼，更氾濫的是德國浪漫主義的遺緒。從擴音器傳出的呼告，必然少不了「狂熱的」（fanatique）一詞，原是帶有貶義的外來語，帝國將其扶正，每逢慶典，例如希特勒的生日，便會不斷以連綴詞出現：狂熱的誓言、狂熱的告白……，狂熱領袖引領著全國的狂熱分子，帝國敗亡之際，正是狂熱的用語達到極致之時，在前面又添幾字，成了「狂野的狂熱主義」。

◆

進入九〇年代，冷戰結束，蘇聯解體，柏林圍牆倒塌，政治上的答案以自由民主作為終結，美麗新世界降臨。在歐洲（波士尼亞大屠殺）、非洲發生兩場大屠殺，這兩場屠殺有個相似之處，拿起斧頭砍殺你的人，就是你隔壁的鄰居，平時相安無事，在政客以及媒體煽動後擦槍走火，一發不可收拾。

艾略特《荒原》說：「四月是最殘酷的月份。」

一九九四年，盧安達的大屠殺在春天啟動，胡圖人殺害圖西人，從四月到七月，大約一百天的時間殺了一百萬人，平均一天殺一萬人，每小時殺四百人，每分鐘殺六人以上。整個國家彷彿感染殭屍病毒，殺人，成了日常。

時間倒推回一九九二年，內戰頻繁的盧安達本有和平的可能，政府和叛軍在他國領袖的見證下簽署和平協議，希望能終止三年內戰，並讓圖西難民能回家，胡圖人將和圖西人組成聯合政府。

和平在望，充滿希望的時刻，卻也是暗影孳生的開始，部分胡圖人害怕圖西人回來分享權力，從前曾迫害圖西人的胡圖人，也害怕遭受報復，開始散布仇恨的毒素。

最有效的方式，莫過於經營媒體，盧安達人閒暇之時喜歡聚集在空地，一起收聽廣播節目，激進胡圖團體「阿卡祖」（Akazu），正是千丘自由廣播電台的大股東，因此除了廣受歡迎的娛樂音樂節目，還有不斷將圖西人醜化為「蟑螂」的歧視性言論。

要讓普通人成為劊子手，首先要讓他們相信，要殺的不是人類，而是一隻可以踩在腳下的害蟲，一如納粹也曾成功塑造無形的偏見。帶有劇毒的語言中，殺成年男子被稱為「清除灌木」，殺婦女兒童則是「拔毒草根」。除了正規軍隊之外，還有新成立的民兵組織「聯攻隊」（interahamwe），盧安達語為一起工作的人，殺人不過是社區服務（umuganda），在日後的大屠殺中成為殺人主力。

毒語言如蒲公英的種子，隨著廣播節目的放送，飄飛到各個角落扎根，仇恨與日俱增。一九九四年四月，盧安達總統的班機被飛彈擊落，至今仍查不出擊落班機的真兇，但廣播電台隨即發布了未經證實的假消息：「是圖西叛軍幹的！」播音員不斷在廣播內放送圖西「害蟲」的名字和住址，煽動群眾群起捕殺。

飛機失事的第二天，電台持續激情地吶喊：「墓穴還未完全填滿，誰願意做善事，幫我們填滿剩下的一半？」

加害者與被害者，大多是相識多年的同事、鄰居、師生。醫生殺害病人，丈夫殺掉妻子，老師殺死學生。日常生活幾乎天天照面的人，長相如何？有沒有說過話？興趣嗜好是什麼？早已隱沒於「蟑螂」的害蟲圖騰下，廣播裡的仇恨叫囂，成了每個人腦中的幻聽：殺—無—赦。

殺人可以隔著一段距離之外（丟手榴彈），可以居高臨下（戰鬥機轟炸），也可以由機械科學代為執行（毒氣室與焚化爐）。大部分死於大屠殺的圖西人，卻都是近身被農具砍死，一刀先砍向腳踝的阿基里斯腱，使其無法逃走。殺人早有預謀，早先，激進團體從中國進口了幾十萬把的非洲大砍刀和鋤頭、斧頭、長柄大鐮刀等「農具」，僅僅非洲大砍刀的數量，就足夠裝備全國三分之一成年男子。

農具成了殺人工具，於是殺戮這件事，便從專業化的軍人手中釋出，當整地的大砍刀發下去後，沒有人能豁免於「兇手」的職責。

普通人中，有人熱血激昂，第一次殺人就上手，然而更多的是怯懦不敢動手之人。用一把散彈槍掃射，一個人一次可殺死二、三十人，用一把刀，一次只能殺死個位數的人。盧安達大屠殺寧願不要效率，只求將鮮血盡量沾染到每個人手中。

將砍柴的大砍刀交到猶豫不決的人手裡，將巨大的邪惡攤分給每個人，一位士兵回憶：「每一個人手上都必須沾血，這樣就沒有人會受到責備。平民不能只是旁觀，日後他可能會譴責我們，每個人都必須『幫忙』殺掉至少一個人，到了第二天，這對他就成了一個遊戲，不需要再催促他了。」

◆

「那件事」發生時，我從碗沿跌落缽底，蠍子、蛤蟆、蛇、蜈蚣聞腥風而至，這一次我變成頭號戰犯，整個晚上不斷有人 tag 我到審判的擂台，像無數根鐵釘捶打，釘住四肢，使我動彈不得。

看！這個女巫。

這一次輪到我，因為義憤鼓動而來，張牙舞爪的字句，像極了希區考克的驚悚電影，一個人被聚湧而來的甲蟲爬滿身，成千上萬張嘴小口小口囓咬，緩慢凌遲。昆蟲的法則裡無善無惡，只是依憑一股盲動驅力，要將迎上來的血肉，化為粉末。讓一切堅固的事物，瞬間煙消雲散。

草莓與灰燼

雷納．霍斯首度來到奧茲維辛（Auschwitz），在他四十八歲的那年，離過婚，有酗酒傾向，與家族決裂。四十八歲，比祖父在世多一年，祖父在四十七歲那年，在波蘭經審判後，在奧茲維辛上了絞刑台。雷納還有祖母、父親、一個大伯、三個姑姑，他們都曾生活在奧茲維辛，最小的姑姑還在此出生，一家人在一九四五年離開後，都再也沒有再踏足故居。雷納的祖父魯道夫．霍斯（Rudolf Hoess），是奧茲維辛擁有最高權力的指揮官，以高效率著稱，平均一天「處理」七千人，深受蓋世太保長官希姆萊（Heinrich Himmler）的賞識。

雷納在十二歲之前，全然不知家族歷史，不曉得自己的姓氏有何特殊意義，他在寄宿學校就讀，食堂的廚師正是集中營倖存者，廚師欺負他的同時，他撿起課本讀二戰史。霍斯家族相對其他幾個納粹魔頭的後代，諱莫如深得多，在雷納於二〇〇九年現身前，他們早已消失在公共視野之外。神隱得如此徹底，或許因為霍斯家族特別團結，絕口不對外人以及「後代」提起奧茲維辛，一個全然禁忌的名詞。

家族的緊密其來有自，在妻兒眼中，魯道夫是個愛家的好人，因為捨不得與家人分開，攜家帶眷來到波蘭，安家落戶的地點，距離奧茲維辛二號滅絕營比克瑙（Birkenau）不遠。魯道夫上任後不久，兩個巨大的焚屍爐隨即啟用，日以繼夜「趕工」。煙囪距離霍斯家的別墅不遠，魯道夫處理完「公事」，馬上就能步行回家，迫不及待要抱抱五個孩子。

指揮官的豪華別墅中，也調派來藍白條紋衣的囚犯以供使喚，日後這些倖存者回憶時，常提起魯道夫非常喜歡和孩子一起玩耍。前一秒踏進家門前，他還在指揮在毒氣室裡使用含有氰化劑的殺蟲劑 Zyklon B，好大量且快速地殺死沒有勞動能力的孩童。曾關押在此的法國政治家西蒙娜．韋伊（Simone Veil）當時只有十六歲，她謊稱已經十八歲，才逃過一劫。十六歲，僅僅比魯道夫的大兒子克勞斯大一歲而已，克勞斯喜歡拿彈弓射向囚犯，儘管還不到從軍年紀，但他非常寶愛希姆萊叔叔送給他的黨衛軍制服，上頭有SS兩個閃電符號。克勞斯後來移民澳洲，因酒精中毒而早逝。

雷納在祖母家找到一個箱子，裡頭的相片記錄了霍斯一家在奧茲維辛的家居生活。廣大的庭院裡，有祖母的玫瑰花園，以及讓小孩戲水的游泳池，當然，花匠以及游泳池的挖鑿工人，都是集中營的囚犯。雷納的父親漢斯當時正是四、五歲好動的年紀，有張照片是他坐在一台幾可擬真的玩具飛機裡，當然，造飛機的還是囚犯們，機尾上還特別裝飾納粹的卐字標幟。

庭院裡拍攝的照片，背後都有一堵牆。牆外的「那個世界」，偶爾會來幾個條紋人，來砌牆鋪瓦挖池塘，來幫忙母親照顧嬌弱的玫瑰花。孩子們如果注意一點，會發覺他們眼眶凹陷，瘦得根根肋骨凸顯。霍斯家的孩子頂多覺得他們怪異，孩子們會穿著條紋睡衣模仿囚犯，像個尋常的小遊戲，從來無從懷疑起，慈愛父親背後的那團黑暗。

奧茲維辛並不全然是個滅絕營，猶太人下火車後，可能到二號營比克瑙，進毒氣室，從下車到燒成一把灰燼，不過三十分鐘；也可能到隸屬於法本化學公司的三號營，在此挖煤、拌水泥、生產橡膠，有時到指揮官家裡給王子公主們當馬騎，欽點進勞動營的並非得到豁免，只是死亡來得比較遲緩。

在納粹體系裡，越高階者越不用（實質上）弄髒雙手。毒氣室裡的運屍人，由「工作隊」（Sonderkommando）執行，清一色是猶太人。被挑選為工作隊的猶太人，一下火車就先被隔離，不許和集中營裡的其他「老鳥」接觸，僅被告知要從事搬運工作。第一天上工就直面地獄，在沒有任何心理準備下，搬運塞滿毒氣室七孔流血、屎尿橫流，層層累疊的屍體，黨衛軍在旁不懷好意賊笑地說：「徒手搬運，不可耽擱。」徒手接觸那只存在地獄的禁忌之物，命運的「共同體」，曾經有思想有感情的人，瞬間轉換為極欲擺脫的「穢物」，是納粹純熟的心理學操作手法。第一時間每個人都忘了正在搬運的也是一個人、一位猶太人，他只覺得噁心、暈眩、想吐，不想讓那髒污沾上手。

過不了這一關的即刻發瘋，投身向納粹的槍桿，過得了這一關的，下次就懂得用農家鏟乾草的大鐵叉，把那絞纏如水草的物件一條一條扒開，粗暴地拔除金牙和耳環，接著送去焚燒。來到下午茶的時間，還能坐在屍體旁邊，好整以暇地吃一塊東邊匈牙利來的乳酪，或者西邊比利時來的甜餅。搬屍體屬重勞力工作，黨衛軍允許他們在有限的生命中（每個工作隊的第一份工作，就是送「前任」上路）吃飽穿暖，搜刮列車運來猶太人口袋裡的各式吃食。普利摩．李維提到，這是羞辱猶太人的終極方式：「對於任何命運和羞辱都逆來順受，哪怕是滅絕他們自己。」

和骯髒活離得最遠，身處「最終解決方案」決策頂端的希姆萊，外型全然不是亞利安人高挑健壯的理想樣貌。他長年有腸胃毛病，個子不高，戴小圓眼鏡，為了看起來較有男子氣概而蓄鬍。他曾在一次檢閱樹林裡大規模射殺後，因為場面過於血腥而昏厥過去。脆弱的不只是長官，執行槍決的士兵，多有嚴重的心理問題，需酗酒度日。為顧及執行者身心健康，屠殺朝「現代化」發展，進階到把人關進卡車密閉後車廂，接上排氣管，讓司機開著車到人煙稀少之處繞一圈，垂死的尖叫聲被樹林隱蔽，仍聲聲鑽入司機耳蝸，折磨神經。

現代化的最後一步是毒氣室，希姆萊到奧茲維辛參觀愛將精心「設計」的成果，那時有一輛從荷蘭運來的列車，他仔細觀看了全部滅絕的過程，這一次他不反胃嘔吐了，滅絕速度上緊發條，四個月共有兩百萬人死亡。

希姆萊需要時常出差「視察」集中營，不能把家人帶在身邊，他的妻子和獨生女，住在慕尼黑達豪集中營附近的一處湖畔莊園。希姆萊在加入納粹之前是持有證照的農藝師，曾經營養雞場，他的夢想是回到鄉村過田園牧歌式的生活。在這個僻靜的莊園裡，除了有私家碼頭，還種植蔬果、飼養家禽家畜，過剩的水果由妻子瑪佳熬製成果醬。

需要採買時瑪佳就會到達豪集中營，裡頭有糧食研究中心、水產養殖場，充分顯現希姆萊的興趣所在。瑪佳在這裡買做菜用的香料，她不會知道的是，集中營的囚犯必須把沼澤的水抽光，好建造種植香草的溫室、現代化的風乾房、磨坊，成千上萬的囚犯在此勞累至死。戰爭時空襲頻繁，希姆萊讓達豪的囚犯來到湖畔莊園建造碉堡，囚犯從事重勞力工作，只有回到營區時，才能吃到稀薄的菜湯。瑪佳時常抱怨工人效率不佳，一杯茶都不讓他們喝。

屠殺、空襲、滅絕……，鮮少影響到這田園間的牧歌。雖然少了丈夫的陪伴，但在食品短缺的戰爭時期，瑪佳經常收到希姆萊寄來的大小包裹：元首（希特勒）給的咖啡豆、紅酒、鵝肝醬、干邑浸蠶豆、女兒愛吃的螃蟹、吃不完的巧克力、水果塔、小杏仁餅、蜂蜜糕點……。也有精神食糧，希姆萊常寄書報雜誌回來，他不是不讀書的人，正如許多納粹是古典音樂愛好者，當然，他早已讀過《我的奮鬥》。

在另一個平行世界裡，關押在奧茲維辛的化學家普利摩．李維（Primo Levi），飢餓像頭獸，從空洞的胃底，撲向他的喉頭。他只能在實驗室裡吞食甘油，吞食氧化許多石蠟而來的脂肪酸，他用電熱版烤藥用棉花，催眠自己這是烙餅，有焦糖味道。李維說：「那種飢餓和普通人錯過一餐會有下一餐的感覺完全不一樣，那是一種深入骨髓的欲求，全面控制我們的行動。吃，找吃的，是第一要事，遠在其後的，才是生存的其他事，更後更遠的，才是對家庭的回憶和對死亡的恐懼。」

在各種節日裡，希姆萊也沒少寄過禮物，一九四四年十二月，戰事尾聲，拘捕而來的猶太人差不多殺光了，先不論猶太人的處境，德國一般平民也苦於空襲與物資短缺，希姆萊寄回家的聖誕禮物有：斑羚毛皮、貂皮大衣、金手鐲、銀托盤、琥珀戒指、藍色手提包等。物品的主人，大多進了毒氣室。瑪佳披掛穿戴一身的，是遺物，而非禮物。

出差時，希姆萊也不忘隨手捎回禮物，一九四二年惡名昭彰的萬湖會議後，他到荷蘭和當地政權合作驅逐猶太人。火車載送安妮．法蘭克們到奧茲維辛，希姆萊則是搭乘飛機回到慕尼黑，帶了一百五十朵鬱金香回家，給妻子驚喜。下一次到芬蘭出差時，他帶回來給女兒的是北歐風的洋娃娃，當然，遣送北歐猶太人也雙軌進行中。

慈愛與罪衍，有如電影《教父》的經典一幕，正式接班的年輕教父，在教堂為新生兒受洗的同時，頻頻跳接的是趕盡殺絕的畫面。希姆萊一家戰爭時期的蒙太奇表現手法如下：

一九四一年六月，希姆萊短暫回家和女兒相聚，陪她划船、騎馬，還寫給她一張卡片：「生活裡要永遠正直、成熟、善良。」不到一個禮拜之後，他到東歐出差，在猶太人占半數人口的 Bialystock，納粹士兵將兩千多名猶太人關進教堂，鎖上鐵鍊，放火將他們活活燒死。

一九四三年十一月，滅絕的「收官」階段，升任內政部長的希姆萊指示，連勞動營的奴工猶太人也不能放過，是謂「豐收節大屠殺」。在同時，女兒的日記裡提到，爸爸媽媽又在附近買了一大片花園，囚犯們先來整理，湖邊的莊園也翻修一番，走廊更加明亮，房間更加寬敞。「也許我們在薩爾茲堡會有一棟房子，是的，一旦和平降臨。」

一九二八年希姆萊與瑪佳結婚時，他給妻子的誓詞是：「在我們的家，我們的城堡，我們將遠離所有的骯髒。」

當雷納，霍斯家的第三代終於來到奧茲維辛，參觀不對外開放的故居。他想起祖母曾說，以前在院子裡採草莓，一定要洗得很乾淨。祖母沒多說，現在他知道了，甜美的草莓上頭，恆常附著一層煙灰。

草莓上的灰燼，從天而降，從焚化爐的煙囪吐出，從毒氣室的屍體到焚化爐，從脫光衣服到毒氣室，從下火車到脫光衣服，從八天七夜無法動彈滴水未進乾渴至極到被趕上火車，從猶太隔離區到上火車，從好心鄰居書櫃後頭暗門的藏匿到隔離區……依照能量守恆定律，從煙灰到血肉骨架心跳呼吸，最後回到，一個完整的人。

牲口列車

一九四五年一月十八號，二戰尾聲，蘇軍逐漸從東線逼近，在波蘭的奧茲維辛，撐到最後一批倖存的猶太人，終於可以離開集中營，代價是穿著單薄的衣服，走進大雪中，往西邊去，稍有落後便被射槍。最後的死亡行軍，幾乎沒有人能活下來，負責「淘汰」的是如鵝毛飄落的雪花。

同樣在一九四五年一月，更往東邊去的羅馬尼亞已被蘇軍控制，冷戰的鐵幕即將拉下，首先備好向東的長途列車，境內十七歲到四十五歲的德裔羅馬尼亞人，不分男女一律啟程，目的地是西伯利亞勞改營。名義上為對敵國的懲罰（儘管這些平民不曾參戰），實則戰後殘破的蘇俄需要大量免費的苦力。

赫塔．穆勒的小說《呼吸鞦韆》重現了那個場景，十七歲的少年整理行裝，帶了四本書：《浮士德》、《查拉圖斯特拉如是說》，還有兩本詩集。古龍水有兩瓶，香皂也分成洗手和刮鬍起泡用的。愛美的少年，在行李的最上方壓上一條新買的格紋絲巾。相較書本、衣物及清潔用品，食物只潦草地帶了一些：四個麵包以及耶誕節剩下的幾個餅乾，還不足以撐過十來天的長途火車。

和納粹運送猶太人的一樣，都是牲口列車，用鉛封起的車門曾打開兩次，丟進凍成青紫的山羊。山羊被拿來當作柴火燒了，一隻、兩隻，在戰時也不太感到食物匱乏的德裔居民，沒想到那該是「食物」。日後在無底洞的飢餓中，那兩隻凍僵山羊的哀愁眼神，成了最嚴厲也無聲的責罰。

少年第一次離家遠行的行李箱，由留聲機的盒子改裝而成，像曼陀羅空間，通往過去的教養、文化與有餘裕的生活。在遼闊無邊的俄羅斯，去日苦多，少年悉心挑選攜帶的書本，到後來，精神食糧一頁都沒翻過，精神賣給人拿去捲菸，好換一點食糧。壓箱底的浮士德和尼采愚蠢，肥皂和古龍水也愚蠢，那條不能禦寒的絲巾、袖口繡花的法蘭絨襯衫也都非常愚蠢，將這些，僅僅是換成一包鹽都好。路邊野草煮湯，撒點鹽才能入口，鹽能點石成金，將招搖的野草馴服成食物。

抵達之前，列車曾停下來一次，俄國衛兵高喊UBORNAJA，少年不懂那語言，但很快就知道，是集體大小便的意思：「那份難堪，那份整個世界都襲來的恥辱感。還好只有這片雪地和我們在一起，沒有人看到，我們是怎樣被迫緊挨著，做同樣的事情。」

普利摩．李維成為「裸命」的第一關，也是當眾便溺。開往奧茲維辛的列車，不論是從東邊的匈牙利，西邊的荷蘭，或者從南方的義大利發車，第一個充滿惡意的安排便是，為了塞進更多，裡頭不容許有行走坐臥空間，牲畜的排泄是沿著腿直洩而下，當然也不會有廁所。李維說：「當眾排便都是一種巨大的痛苦——這是文明並未為我們準備的創傷，在人類尊嚴上的深深傷口，一種下流而不祥的挑釁，同時也是蓄意而不必要的兇殘體現。」李維和車廂裡的其他人，想方設法，釘上一塊毯子當屏風間隔，即使能預知終局就是死亡，「我們還不是禽獸，只要我們嘗試抵抗。」

烏爾里希·博施威茲的小說《旅人》，一個猶太富商在「大限」來臨之際，將公司與豪宅賤賣給亞利安人副手，倉皇出逃，踏上流亡之路。富商不像創生他的作者本人，成功流亡瑞典。富商沒能成功越過邊界，他的流亡呈現一種受困於無限迴圈的環狀結構，從柏林到漢堡，從漢堡往柏林，再從柏林往多特蒙德，多特蒙德往亞琛……「或許這樣的行程會一直持續下去。我現在的身分是旅行者，一名永不停歇的旅行者。我甚至可以說是已經移民了。我流亡到德意志鐵路公司。我人已不在德國。」

間刻不停的移動中，富商腳下沒踏上任何一塊土地，宛如寄生在鐵道上的一抹幽魂，無須固著於一種「身分」。他默背火車時刻表彷彿他的保命訣，車廂裡暖烘烘的人氣讓他覺得有了歸屬，哐噹哐噹的撞擊聲響成了最悅耳的催眠曲。富商慶幸逃過往東邊去的牲口列車，從不誤點的德意志鐵路公司，成了他流亡的新國度，穩當的依靠。克勞德·朗茲曼的紀錄片《浩劫》指出，納粹對歐洲猶太人的大屠殺之所以可能，必須仰賴德意志鐵路公司，不，是整個歐洲鐵路系統的通力合作，進行大規模調度、跨多國邊境、日以繼夜不間斷的運送，從來沒有一個鐵路局基層職員問過，十萬百萬的人不斷輸送過去，集中營所在的偏村鄉鎮有辦法收容這麼多人嗎?為什麼總是有去無回?又為什麼運過去的食糧和人數不成比例?

二戰時期的歐洲,唯有「驅離」將德意志人和猶太人綁縛在一起,成了共同的命運。將猶太人往東運往集中營,將德裔羅馬尼亞人更往東運往蘇聯的勞改營,同樣的飢餓與重勞力,同樣猖狂的蝨子與稀薄的菜湯,以及同樣的點名與淘汰制度,不同處只在於,勞改營裡少了毒氣室,磨難拉得更綿長些。地獄的看門犬分屬敵對陣營,納粹和蘇軍的戰術不可能互通,然而使人奴役受苦的方式卻驚人地類似,這或許才是榮格說的「集體潛意識」,內鍵於人類基因中共通的暴虐與殘忍。

一九四五年,被伊恩·布魯瑪形容為「零年」的這個起點,戰爭中被蹂躪的大陸,並沒有得到喘息,在冷戰的鐵幕拉下之前,歐洲重新大洗牌,在戰勝的同盟國決議下,將原本居住在中、東歐的一千多萬德裔,強制往西遷徙至德國,那個「罪惡」的歸屬地。

短短幾年內,除了被關押的戰俘要回家、倖存的猶太人要離開歐洲,還有上千萬的德裔東歐人被懲罰性西移,歐洲大陸同步交錯著各種驅離,啟程或返途、拔根或歸鄉。戰爭剛結束的「法外之地」，被懲罰的是德裔波蘭人、德裔匈牙利人、德裔羅馬尼亞人……，而非在戰時與納粹合作，迫害境內猶太人的波蘭人、匈牙利人、羅馬尼亞人……，最終，種族與血液決定一切。

超過兩百萬被驅趕的德裔，在途中成為報復的目標而被殺害。西遷的牲口列車上兩百多名德國人被趕下來，包括婦女與孩童，全部槍殺。德國人群居的村子也被「清掃」乾淨，負責清掃的人說：「德國人是不能生存的民族，一個好的德國人是一個死掉的人。」一九四五年五月三十號，世居蘇台德區的三萬名德裔被捷克人趕出家門，赤著腳走向奧地利邊境，又被控制邊境的蘇軍驅趕回來，一路上被不斷毆打，約有一千多人死亡，是另一個族群的死亡行軍。被驅離的包括日後在好萊塢電影中成為英雄的辛德勒，他失去所有財產，失去當初庇護猶太人的工廠，但倖存下來。

在大驅離中倖存下來的被視為「難民」，在正宗德國人眼中，宛如鄉巴佬的東歐人，語言習慣早已大不相同，他們帶來了東邊的野蠻與貧窮，荒蕪與廢墟，也同時帶來東邊滅絕營的焚屍爐氣味（德國境內多是較「乾淨」的勞動營），而遭到賤斥。東邊人回擊西邊人說，你們才是真正犯錯的人，為什麼受到懲罰的不是你們？為什麼你們可以待在原地保有一切，而我們卻流離失所、備受懲罰？

背負罪咎的一整代德國人中，東邊人對他們充滿屈辱的奧德賽旅程，說得很少，幾近緘默。東邊人沒有西邊人的文化資本，只剩下能操耐勞的苦力，成了德國戰後發展工業的齒輪。東西的位置總是相對，更往東邊去的羅馬尼亞少年，成了西邊人，在勞改營裡也成了蘇聯發展重工業的小齒輪，西伯利亞富含礦產，日後這些勞改營將一一轉為重污染礦場，蘇聯解體後，資本以另一種箝制的方式，不只繼續製造奴隸，也將污水毒空氣留給當地居民承受，不變的是犧牲的體系。

終戰七十年後，歐洲又有新一波的大遷徙，這次是從敘利亞、伊拉克逃往歐洲的難民潮。難民面對的是戰後人口轉移後，由單一民族國家所組成的大陸。單一民族國家所招喚的國族認同，極右翼搧動排外風潮，使得界線越加嚴明。九〇年代南斯拉夫解體後的種族清洗，早在先前埋下遠因。

從東南方啟程的現代難民，跨越地中海時，人蛇規定只能有一個後背包，如今的包袱輕得多了，在資本流動的全球化時代，重要的身家如今化為輕盈：帶上幾張塑膠卡片、手機 SIM 卡，還有，別忘了抗焦慮的藥物，便可上路。不變的是國族定義下的生命政治，來到界線之外，便是被剝奪殆盡、柔脆可折的裸命。

七十年前，裸命搭乘牲口列車，前往集中營或勞改營。七十年後，裸命逃離動輒斬首的家鄉，在地中海搭上爛穿的木筏，滅頂的留下，生還的繼續上路，塞入貨車的密閉車廂，窒息的留下，生還的繼續上路。千辛萬苦抵達之時，迎接他的那塊大陸，或許還埋著七十年前被驅趕的羞辱記憶，經過時光稀釋之後，能否留下最後一點善意，給一個赤身裸體的異鄉人？

大象腿

《童話故事》開端，一八五八年的英國軍官史溫侯的眼睛，從海上看向萬里：「他們繞過基隆嶼，由港口上岸，花了兩整天走過煙藹炎熱，恍如內陸的礦區抵達馬鍊。」馬鍊是平埔族社名，平埔族在史溫侯登陸後的一百五十年裡，從北海地帶全體流散，只遺留馬鍊之名。

平埔族人被流放後，採礦者補上空缺。萬里的礦工家庭，在醫生出身的副總統的成功樣板故事中，只是襯托的暗淡背景。萬里曾因一家蛋糕店而知名，是盆地人北海岸一日遊可拎回的伴手禮。除此之外，能讓人想起萬里的物事，就幾乎沒有了。電影《無言的山丘》讓人可稍稍揣想日本時代的礦工，淘金之後是煤礦，挖礦者的個別命運，彷彿也隨著能源的進化嬗遞而深埋地底。

讀報導文學《通往維根碼頭之路》，喬治．歐威爾和礦工家庭同住，發覺他們十幾個人睡一間房，內急時需要走好長一段路到三十多人共用的公廁，因為家裡沒有廁所，沾滿煤灰的礦工回家後，經年累月無法清洗。

歐威爾還和他們一起下礦，對於高個子的他而言，是莫大的折磨。他發覺下到深井中，隨著坑道越挖越長，還要水平移動，半蹲跪爬五英里，才能抵達工作的場所。長時間在空氣污濁、氧氣不足的地底屈身爬行，以半蹲姿態挖礦，每個礦工的脊椎骨都被碰撞得傷痕累累，留下永久的疤痕。除非發生災變，人們不能理解這到底有多痛苦，不能理解地上萬物伸展運行的根源，皆來自於地下低伏卑屈的暗影，直到把地上世界的「度量衡」放進去，也就是歐威爾的身體與感知，才讓人稍微懂得：

「那樣的景象你只要見過一次就終生無法忘卻——他們跪下的體型，弓弩般的線條，全身上下的煤黑色，他們揮動著巨大的鏟子以驚人的速度和力量鏟起煤礦。」

地下的景況，對於擅長打磨文字的歐威爾來說，並非難事，但寫下的同時也在消解其意義：「文字是如此無力，當你的眼睛掃過這些字句之後，不會留下什麼印象，但這些詞裡包含著多大的痛苦呀！」

歐威爾在戰後寫下朝向未來的寓言《1984》。一九八四年在台灣接連發生兩場死傷慘重的礦災，這一年《童話故事》作者童偉格剛上小學，學校位於馬鍊溪上游，童的父親在礦災中亡故。一九八四年我比童偉格大一點，也在讀小學，對於礦災的記憶幾乎空白。日後我採訪八〇年代以影像記錄社會運動的《綠色小組》創始成員麻子。麻子說，當時的報紙都說受傷的礦工已痊癒，他去醫院眼見許多都成了植物人，回來後在雜誌做了報導，覺得還不夠，那影像始終還在他腦海裡盤旋，包括罹難者用塑膠布簡單覆蓋，日後麻子經過圍上此種藍白塑膠布的建築工地，總會一陣心悸。如何能向更多人報信？麻子第一次拿起當時還罕見的攝影機，在一九八四，攝下礦災中的植物人。

在災難前，文字無以描摹，彷彿任何描述都成了褻瀆，只能直觀地「看見」。

萬里除了知名蛋糕、副總統故鄉，還有與首善之都直線距離最短的核二廠，也許因此，萬里與核二廠，必須被隱蔽在首都居民的認知之外，台北與萬里地理鄰近，心理距離則遠。

◆

核子首先在戰爭中「試用」，作為終極的懲罰，杜魯門給廣島、長崎的「禮物」有兩個美式風格的淘氣名字：「小男孩」(Little Boy) 與「胖子」(Fat Man)。核爆的資訊不難找，不外乎中心溫度比太陽核心還高，衝擊波超越音速，火球正下方的地面溫度大約三千至四千度，紅外線將人類和動物直接碳化，體內器官蒸發。一長串說明，都不如廣島原爆倖存者的一句話：「抬眼幾秒，看見一個小孩子『像灰塵一樣飛走』。」

「像灰塵一樣飛走」不是文學修辭，現實就是魔幻。讀倖存者回憶，皮膚如破布片片落下，當下卻一點都不痛，連哭都忘記了。看到其他傷者，只覺得「這不像人類」。幾個中學生找到平日玩伴：「我不敢相信他都變成這樣了，還能活著。」說完這句話，同學死了，幾個人一起把「它」燒了，在火堆外看屍體焚燒，「我們已經超過悲傷或是憐憫的境地」，良久，沒有人哭泣。災異的形體，首先顯現為「奇觀」，遠處山頂上，一個砍柴的樵夫，看到巨大的雲朵升起，不斷炸開，變換七彩顏色，他被壯觀的美景震撼到說不出話。不斷喃喃自語，真美，怎麼會這麼美。

「這地方真的美到不可思議，這讓恐怖顯得更恐怖，真的太美了！」車諾比事件發生時，剛從阿富汗戰場歸來，又被分派前去的蘇聯軍人這麼說。天地不仁，以萬物為芻狗，暮春時節草仍瘋長，花怒放，水自流。

在車諾比周圍，被污染的禁區，動植物有了奇怪的異變，在核電廠的冷卻劑蓄水池中，鯰魚長成龐然大物，森林裡金合歡的葉片大如手掌，針葉樹的松針脹大如手指一樣粗。災異解構所有知識與常規，溢出疆界，超過所有歷史的總和，不受拘束無法定義，在時空中自由遊蕩。「瞠目結舌」這個最高級形容驚嚇的成語，也許只能用在此時此刻。但在日常，人們習慣誇飾詞語與感受，使得浩劫當前，真真切切無話可說。

領受美景的士兵，又叫「清理人」或「綠色機器人」，蘇聯科學院為了探索火星所設計的機器人，在車諾比一無所用，所有線路都被輻射摧毀，唯有沒做太多防護設施的「清理人」來來去去，穿梭無間。在輻射量最強的反應爐頂端，核災前掛著蘇聯國旗，核災後，國家的意志使得綠色機器人一個接一個，前仆後繼地前去掛旗。

為了封印燒毀的反應爐，清理人在外層蓋起外型如猛瑪象的巨大石棺，超高輻射下每個人執行任務以秒計時，但大多數人不斷重回現場，皮膚表層有微微的燒灼感，嘴巴裡滿是金屬的味道，他們相信回家後用伏特加消毒便可無傷無礙。清理人的報酬只是一張獎狀、微薄的收入，以及錄音機與手錶從中擇一的小禮物。清理人簽下保密協定，清理工作直到一九九一年蘇聯解體後才初步完成，清道夫大軍共計五十萬人，他們的醫療檔案被列為機密，幾乎所有人的醫療診斷都是：「普通疾病，無關輻射」。

犧牲五十萬人將無固定形狀的巨靈封印在猛瑪象體內，災異仍未結束。石棺內殘餘的反應堆碎片，還有一百八十噸燃料，並不會就此停止反應，當反應堆的條件成熟，它們可能再度進入臨界狀態，啟動一次沒有人能控制的核鏈式反應。探測者奉命冒險進入石棺內，他們在地底下，發現一個由某種神祕物質構成的巨大煤黑色物體，呈鐘乳石形狀，也像一隻凌空踏破天花板的巨大象腿，他們叫它「大象腿」。大象腿來自燒毀反應爐流出放射性的岩漿，匯聚成一鍋鍋滾燙的金屬湯，穿透混擬土建築，剛好流進冷卻池的積水裡，在此凝固成各種形狀：水滴、冰柱、石筍、象腿。表面光滑，顏色從墨黑到鈷藍都有，在黑暗中閃爍著微弱光澤。形狀各異的結晶體，美麗魔幻的程度不輸廣西桂林的鐘乳石岩洞，表面輻射的劑量卻高得嚇人，只要在旁邊待上五分鐘，就足以讓人生不如死。災異以一種凝止的狀態結束它肆虐屠戮萬物的旅程，大象腿差之毫釐就要繼續踩進地下裡土層，滲進地下水位，深入地層核心，距離世界末日只有一步之差。

災異按下停止鍵全憑「運氣」，放任事故惡化毫無作為的車諾比核電廠廠長布留哈諾夫，不曾對核電廠周遭居民提出警告，核電廠內的工程師們也像鴕鳥一樣將頭埋進沙子裡，他們的父祖輩，從一九三〇年代大清洗直至一九五三年史達林去世，遭逢送往古拉格遭受迫害的集體命運，使得布留哈諾夫這一代對公共事務靜默噤聲，多一事不如少一事，反應爐燒毀後輻射不斷外洩，核電廠專家通報消防局：「只是一般的火災，沒什麼大礙。」核災在週五午夜發生，隔日星期六的天氣好得出奇，天空湛藍，樹木翠綠，林蔭大道上母親們推著嬰兒車散步，河堤旁的露天咖啡廳高朋滿座，沙灘上人們裸露著大面積的背曬起日光浴，沒多久便紅腫發熱，彷彿被赤道日正當中的烈日灼傷。

日後審判，布留哈諾夫被判十年流放，無視核子反應爐設計致命缺陷的莫斯科高級科學家則沒事。布留哈諾夫經歷七百公里的長途跋涉來到流放地，所有勞改犯出來迎接他，爭相圍觀，想看看將無色無味的惡魔從神燈裡釋放的究竟是什麼人，他們看了之後很失望，那只是一個瘦小虛弱的身影，「幾乎消失在一身過於寬大的灰藍色工作服之下。」

◆

塔可夫斯基的電影《犧牲》，在一個俄羅斯的貴族之家，賓主談文論藝，普希金的詩歌、屠格涅夫的小說、契訶夫的劇本。女傭或許預感於災難的將臨，急著要走，女主人說：「你把所有的叉子擦完就可以走」「擦完就可以走嗎?」「妳把叉子擦完，酒瓶拿出來，就可以走。」「叉子擦完，酒瓶拿出來，就可以走嗎？」「妳把叉子擦完，酒瓶拿出來，順便把燭台再點上，就可以走。」

女僕不敢再問下去了，她在心中默念：「叉子、酒瓶、燭台」，文明高度發展下的繁複儀節來到盡頭，下一瞬間，災難彷彿彌賽亞降臨，挽救女僕於無盡的文明細節迴圈中，叉子、酒杯、燭台，普希金、屠格涅夫、契訶夫……被風暴捲為碎片，意義瓦解成廢墟。

從煤炭到核子，能源發展的漫長進程，在災異前只是一瞬。廢墟之後的餘生，青草仍瘋長，花怒放，水自流。

【代跋】

還想再多看一點

庚子大雪前夕，陪伴十多年的貓突然嚼起貓砂，出現嚴重貧血症狀。我買回補血的昂貴貓罐頭，四小時餵食一次，補血劑六小時餵食一次，時間被切割不成片段，睡夢中時常驚醒，醒來就是路上行舟，將貓裝籠每天往醫院餵藥打造血針，白日奔忙，晚上回母親家，還有另一隻需要每日皮下注射的腎臟病老貓，寒冬裡幫貓打點滴前先將注射液浸在熱水中，打完親吻撫摸呢喃軟語溫存一番才算走完流程，任何能讓貓舒服一點的事情，我都願意去做。貓仍失血，貓仍腎衰，老齡貓裝在毛孩皮囊中，在我懷裡寶愛著，我時常忘懷他們已然老朽，從我的青壯年走到前中年，形銷骨毀，化為塵埃。

拉近，再拉近，不是雲林麥寮或高雄林園的石化地帶，不是廣東烏崁的沿海漁村，也不是印度北邊達蘭薩拉的陡峭寺廟，不再是記者身分的風塵僕僕、走南闖北。近一年來我的奔波縮短成家往動物醫院短短一段路程，原本十五分鐘就可走完，提著六公斤重的大貓，時不時把貓籠放下甩甩手，走走停停，耽擱流連。汀洲路的街景並不亮眼，穿過古亭阡陌小巷往東邊去就是植滿木棉，有個洋氣名字的羅斯福路，紅磚道寬敞好走，木棉盛開時每一棵樹都像著了火，豔麗明照。越往西邊新店溪畔地勢益發沉降，光線逐漸黯淡，汀洲路高高低低的騎樓被占用得厲害，視線總被許多雜物遮蔽，無法一望到底。節氣大雪，霸王寒流盤據，天空鉛灰無一絲蔚藍，貓每日被抓進籠中的那一刻就知其遭遇：終點站的吞藥抽血挨針，仍無礙貓在路途中四處張望的絕好興致。

貓總是頭朝外，毛茸茸的前腳搭在寵物籠的小門上，好奇地看，雖則血虛病弱，仍貪看無甚起眼的灰濛街景：缺腳的木椅、枯萎的盆栽、廢棄的機車、堆成小山的腳踏車胎皮……從騎樓店家溢出的百工器械遠看像真金碎銀，雜物與雜物間結起晶亮蛛絲，衍生出無盡的細節，貓會知道這是他十五年生命的最後一瞥嗎?當時的我不知道，但我想他是知道的，貓不慌張，沒有消極與頹廢，胃口依然很好，補血品他悉數收下，離世前的那陣子他足足增重五百克，骨肉勻稱，毛髮豐潤，每日就醫外出途中，琥珀色的圓眼骨溜地轉，專注地看，走馬看花地看，還想再多看一點。

記者八年，夾纏在「大的」議題與議題，事件與事件之間，時間擠壓榨乾，心神無限提取，創作是極其奢侈之事，仰賴無所事事的大量走路與觀察，我很難再真正的「看見」。兵荒馬亂的新聞趕集路上總是濃雲密布，遮蔽視線，偶然才會雲破天開，突然睜眼「看見」。

那一幕是苗栗大埔的豐益商店，老式雜貨店週六晚間，偶爾有人來買涼的，買菸，買一打啤酒，買一包鹽炒花生，買幾罐茄汁鯖魚罐頭。公公和媳婦輪流看店，生意不冷不熱，還過得去，才剛用過晚飯，大人們忙著與客人寒暄，七、八歲模樣的男孩在水槽洗著自己用過的碗，一點點水，將碗搓了又搓，令我有種錯覺似乎洗了很久，那碗一定乾淨，默默仔細洗碗的男孩，順隨認命。母親喊男孩進去做功課，男孩先繞到前面，掀開瓶蓋，從大而深的蜜餞罐撈一把煙燻烏梅，往嘴裡丟幾顆，腮幫子鼓了起來。

日常的雜貨店早看不出屢經變故，公公、媳婦都喪偶，剩下來的家族成員三代各一個，湊不成雙數。男孩去年剛死了父親，父親名叫朱炳坤，是大埔自救會成員，北上幫一向關心土地徵收案的立委林淑芬助選時，心肌梗塞猝死。再往前幾年，二十幾輛怪手開進即將收割的田間，結實飽滿的金黃稻穗含蓄低頭，仍閃不過被輾壓的命運，朱炳坤的母親朱馮敏女士不甘良田被鏟，喝農藥自殺，就在名為「豐益」的商店裡。

改朝換代後官司勝訴，田討了回來，阿公帶我們去看返還後象徵性的一小塊田。夜間的稻子褪去顏色，察覺不到收割時節的一片金黃亮麗，只有風吹過時感覺它輕輕款擺，昭示復返的艱難。這塊田被孤立在一大片空置的樓房中，附近還有乏人進駐的科學園區，以及野草抽長半人高的荒地，去除原本地貌，此處不像鄉村也不像都市，彷彿空降貧瘠的外星荒漠。荒地裡種下的樓房，沒點燈的窗洞像瞅著人哀怨的眼睛，黑漆且深沉，阿公說前幾年每逢週末遊覽車五車十車載很多人來看房子，園區空著，房子始終炒不起來，退潮後人跡罕至，透天厝前還貼著售屋廣告，賣一千九百萬。

荒地裡升起的月亮格外碩大飽滿，我感覺有股情緒逐漸升起，從胸臆、喉頭再往上升，像顆熱氣球要把我拉離厚重的塵土地面。那是寫不進報導，塞不進正文，一團無以名狀的什麼，我想那是「久違」的文學，如一縷炊煙，很快就消散在空氣中，形影雖滅，隱隱還能聞到柴薪的氣味。

——寫於辛丑大雪前夕

麥田文學 323

草莓與灰燼

作　　者／房慧真
責任編輯／張桓瑋
版　　權／吳玲緯　楊　靜
行　　銷／闕志勳　吳宇軒　余一霞
業　　務／李再星　李振東　陳美燕
副總編輯／林秀梅
編輯總監／劉麗真
事業群總經理／謝至平
發 行 人／何飛鵬
出　　版／台北市南港區昆陽街 16 號 4 樓
電話：886-2-25000888　傳真：886-2-25001951
發　　行／台北市南港區昆陽街 16 號 8 樓
客服專線：02-25007718；25007719
24 小時傳真專線：02-25001990；25001991
服務時間：週一至週五上午 09:30-12:00；下午 13:30-17:00
劃撥帳號：19863813 戶名：書虫股份有限公司
讀者服務信箱：service@readingclub.com.tw
城邦網址：http://www.cite.com.tw
麥田部落格：http://ryefield.pixnet.net/blog
麥田出版 Facebook：https://www.facebook.com/RyeField.Cite/
香港發行所／城邦（香港）出版集團有限公司
香港九龍九龍城土瓜灣道 86 號順聯工業大廈 6 樓 A 室
電話：852-25086231　傳真：852-25789337
電子信箱：hkcite@biznetvigator.com
馬新發行所／城邦（馬新）出版集團
Cite（M）Sdn. Bhd.（458372U）
41, Jalan Radin Anum, Bandar Baru Seri Petaling,
57000 Kuala Lumpur, Malaysia.
電話：+6(03)-90563833　傳真：+6(03)-90576622
電子信箱：services@cite.my
封面設計／ Jupee
內頁編排／海流設計
印　　刷／沐春行銷創意有限公司
2022 年 1 月　初版一刷
2024 年 7 月　初版九刷
定價／ 380 元
ISBN ／ 9786263101494
9786263101685 (EPUB)

城邦讀書花園
www.cite.com.tw

著作權所有．翻印必究（Printed in Taiwan.）
本書如有缺頁、破損、裝訂錯誤，請寄回更換。

國家圖書館出版品預行編目 (CIP) 資料

草莓與灰燼 / 房慧真著 . -- 初版 . -- 臺北市 : 麥田出版 : 英屬蓋曼群島商家庭傳媒股份有限公司城邦分公司發行 , 2022.01
面 ; 公分 . -- (麥田文學 ; 323)
ISBN 978-626-310-149-4(平裝)

863.55 110019138

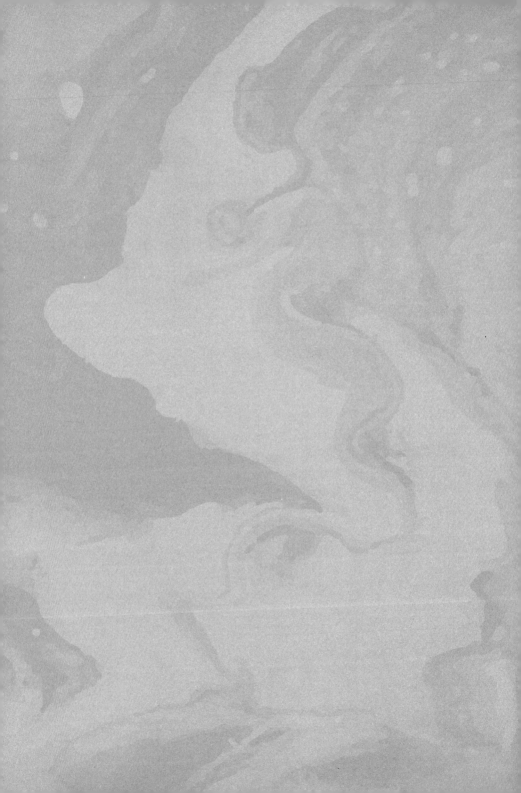